A E
& I

El buen hijo

Autores Españoles e Iberoamericanos

Ángeles González-Sinde

El buen hijo

Finalista Premio Planeta
2013

© Ángeles González-Sinde, 2013
© Editorial Planeta, S. A., 2013
   Diagonal, 662-664, 08034 Barcelona (España)
   www.editorial.planeta.es
   www.planetadelibros.com

En esta novela se citan las siguientes canciones:

Volver a los diecisiete, autora © Violeta Parra Sandoval
La fuerza de la costumbre, autores © Jaime Urrutia Valenzuela, Eduardo Rodríguez Clavo,
    Fernando Presas Vías y Esteban Hirschfeld
La puerta verde, tema original de Davie y Moore; adaptación al castellano de Frank Llopis

Primera edición: noviembre de 2013
Depósito legal: B. 23.163-2013
ISBN 978-84-08-11995-1
Composición: Víctor Igual, S. L.
Impresión y encuadernación: Unigraf, S. L.
Printed in Spain - Impreso en España

El papel utilizado para la impresión de este libro es cien por cien libre de cloro
    y está calificado como **papel ecológico**

LA CAÍDA

—Me haces polvo —me dijo.

—¿Y qué hago? —le pregunté.

—No lo sé —dijo ella—, déjame un poco a ver si se me pasa.

Y allí se quedó. Tumbada en el suelo.

—¿Te coloco las piernas?

Ni me contestó. Es una costumbre irritante de mi madre la de no contestar. A veces me pregunto si piensa que tengo telepatía y por eso no es necesario gastar saliva.

—¿Qué hago, mamá? —Como ella seguía sin articular palabra, decidí contestarme yo mismo—: Voy a llamar a una ambulancia.

—¡¡¡Noo!!! —ordenó—. No quiero dar el espectáculo y que toda la calle mire.

Se había subido a un taburete para alcanzar unos archivadores jaspeados de un estante superior, y de alguna manera había perdido el equilibrio. Cuando intenté levantarla, ella gritó. Es raro que mi madre grite, porque mi madre no quiere molestar, no lo soporta, lo encuentra de pésimo gusto. Peor, encuentra que le hace contraer deudas, y mi madre, si hay algo que no tolera, es deber un favor a alguien. En definitiva, que si mi madre había emitido ese alarido inhumano tenía que poseer una muy buena razón, porque antes muerta que quejarse, así que lo mejor era soltarla. Y la solté. Como si quemara.

—No llamo a una ambulancia, no te ayudo a levantarte. Pues ya me dirás qué hacemos —le dije.

—Apaga la radio, Vicente.

Vamos a ver, mi madre y yo trabajamos juntos. Es una empresa familiar. Un comercio. Para que se entienda mejor, tenemos una papelería. Ella es quien lleva la contabilidad y los temas fiscales. Yo atiendo al público en el mostrador y trato con los proveedores. En un principio, yo no iba para comerciante, ni siquiera para impresor, que es lo que era nuestro negocio originalmente: una imprenta con un poquito de material de oficina. Yo me matriculé en Filología Inglesa porque siempre me ha interesado esa lengua y mi idea era buscar una universidad anglosajona y hacer allí el doctorado mientras estaba de lector. Viajar, vamos, pero no a cualquier sitio. En concreto, viajar a lugares como Liverpool, Manchester, Birmingham, Sheffield, Leeds, Edimburgo, por no hablar de Abingdon, el pueblo de Radiohead, a quienes por aquel entonces, primeros noventa, escuchaba mucho, porque hay que ver cuánto puede ayudar la música a la gente desorientada. Quería conocer Gran Bretaña, pasearme por las poblaciones de origen de los músicos británicos que admiraba, quería estar allí y averiguar qué tenían esas ciudades para producir tanto bueno, empaparme de ello y ser yo también un poco como la música que me gustaba, ardiente y honda, esa música que sentía tan propia, pero que no lograba ser mía del todo. Por desgracia, inesperadamente se murió mi padre y tuve que echar una mano con el negocio. Y la facultad, como la música, la fui dejando. Poco a poco. Sin darme mucha cuenta.

A veces es difícil distinguir el principio de los procesos importantes, uno no sabe bien cómo empezaron las cosas, en qué conversación intrascendente nació una idea, en qué paseo olvidado se tomó tal minúscula decisión que a la larga llevó a un cambio, pero yo sé positivamente que el traspié de mi madre esa mañana fue el principio de todo y que porque temerariamente se empeñó en alcanzar los estantes más altos, sin pensar en su edad, ni en su artrosis, ni en que yo podía ayudarla, ni en nada, hoy estoy aquí. Su trastazo fue decisivo para esa concatenación de acciones que desembocaron en que mi rumbo, siempre tan regular, tan apacible y confortablemente previsible, variara. Una variación que, aunque a algunos pueda parecer pequeña, para mí entonces hubiera sido impensable.

Pues bien, esa mañana, apenas antes de que mi madre tropezara, yo estaba haciéndome un café. Explico estos detalles porque creo que los detalles son importantes. Si he aprendido algo, es que sólo examinando a fondo nuestra propia conducta podremos toparnos con alguna verdad y librarnos así de repetir los mismos errores en una cinta infinita y tediosa. Bueno, por lo menos en el puzzle que intento recomponer, creo que cada fragmento, cada pormenor, es significativo, porque las vidas pequeñas, corrientes, no se construyen a base de actos extraordinarios y fácilmente aislables, sino de una amalgama de minucias que por sí mismas pasarían desapercibidas y únicamente sumadas adquieren sentido. En la tienda tenemos un fogoncito y una pila, porque la imprenta en tiempos incluía en la trastienda una vivienda, modesta, eso sí, pero vivienda, y aunque hemos hecho reformas y ya «no cabe un alfiler»,

como dice mi madre, hemos conservado un pequeño rincón con su mesita y sus dos sillas que hace las
veces de cocinita u *office*, si nos queremos poner cur-
sis. En ese rincón preparaba yo todas las mañanas
metódicamente una cafetera grande con el café que
me tomaba a lo largo del día, porque mi madre bebe
descafeinado de sobre disuelto en agua caliente, un
brebaje que yo encuentro repugnante, y bajo ningún concepto me tomo yo un Nescafé. Conclusión:
que soy pesado para el café, rara vez me satisfacen ni
las proporciones ni la temperatura con que lo sirven
en los bares y por eso prefiero hacérmelo yo mismo.
Estaba enroscando la cafetera cuando en la radio
empezó el bloque de anuncios y oí: *A ti, dominguero,
que tienes alma de caracol...* No sé qué detonó en mí
esa frase, pero dejé la cafetera y, sin pensarlo, de
inmediato cambié el dial a Radio Clásica, mi refugio
anímico y mental. En realidad era un inocente
anuncio que había oído más veces y que incluso me
parecía chistoso, he de reconocerlo, pero esta vez
las palabras «alma de caracol» me dejaron estupe-
facto, como si fueran dirigidas a mí y a nadie más
que a mí. Sentí que perdía el equilibrio y me tuve
que apoyar en el fregadero, y volvió con poderosa
claridad, como si me hubieran despertado de un
guantazo, el sueño que había tenido la noche anterior. Y mientras tomaba conciencia de lo que había
soñado, oí un estrépito: mi madre estaba en el sue-

lo, tal y como he descrito y tal y como el sueño a su manera había presagiado.

—Mamá, voy a llamar al médico. Esto es ridículo.

Y llamé al Samur, ignorando las protestas de mi madre.

EL SUEÑO

Sea como fuere, la noche anterior al batacazo de mi madre había tenido un sueño inusualmente largo e intenso. Como ya he mencionado, mi padre está muerto. Murió hace muchísimo tiempo. Todavía me cuesta decir estas palabras, son grandes, monumentales y pesadas, mientras que su muerte es algo bastante invisible, es como la sombra, te cubre enteramente pero no se puede asir, ni palpar. Es infrecuente que sueñe con él, en veinte años me habrá pasado tres o cuatro veces, pero aquella noche fue una de ellas, y sin duda fue la trascendente, la más importante, el germen que, junto con la caída, cambiaría las cosas.

Entraba yo en mi casa y me encontraba con un batallón de chinos haciendo agujeros en el suelo. Creo que venían de parte de Telefónica para hacerme una instalación de fibra óptica, (instalación de la que carezco, pero que me gustaría tener), aunque no estoy seguro. El caso es que allí estaban esos operarios orientales que, indiferentes a mi presencia, hacían boquetes sin ton ni son en el parquet buscando las conducciones o qué sé yo. Tan concentrados estaban en su tarea que ni levantaban la cabeza cuando yo entraba. Yo, claro, no les decía nada. Uno, porque venían de Telefónica y ya se sabe lo que cuesta que vengan a arreglarte algo a tu casa; dos, y no quiero que esto se interprete mal y ahora se piense que yo soy racista, porque eran chinos y no entendían ni papa de español ni había manera humana de comunicarnos. Estos chinos del sueño eran, pues, como son los chinos: muy trabajadores, muy decididos y muy impenetrables. Sentía un gran desasosiego, pero la línea de fibra óptica la había solicitado yo mismo, así que no podía protestar.

En esto que aparece por allí mi hermana Nuria con unas alfombras viejas y se dedica a extenderlas por el suelo. Las alfombras, además de viejas, eran feísimas y ni siquiera eran de ella, sino que (todo esto siempre en el sueño) habían pertenecido a uno de sus ex maridos (tiene varios, ya lo explicaré). Vamos, que eran retales, desechos de la vida de otro. Con mi hermana sí me ponía yo a discutir, porque me negaba a tener en mi casa esas alfombras cochambrosas de segunda o tercera mano. Ella me rebatía sin dejar de desplegar las jarapas deshilachadas y descoloridas. En estas estoy cuando suena el timbre. Me digo: ¿quién será ahora? ¿Será mi vecino

José Carlos? Ocurre a menudo en la realidad que, al bajar la basura, José Carlos ve luz en mi casa y llama para charlar un rato. Somos vecinos y amigos desde enanos, aunque ahora nos vemos menos, porque él viaja bastante por su trabajo. Bueno, a lo que voy, que en el sueño abro y ¿a quién veo en el descansillo? No a José Carlos, sino a un hombre de unos cincuenta años, de pelo castaño y tez morena vestido con ropa totalmente de invierno, abrigo, bufanda y toda la pesca. En el sueño es verano y desde luego su ropa no resulta nada apropiada, pero a mí todo me parece normal, ya sabes cómo son los sueños. Ese hombre es mi padre, que me espera tranquilamente en el umbral porque sabe que, chinos o no chinos, con alfombras o con agujeros, yo voy a acabar abriendo al que venga. Le saludo de una forma habitual, como solía hacerlo en vida al llegar a casa, bueno, si acaso un poco más prolongadamente, pero no le abrazo, ni le estrujo, yo qué sé si por miedo a hacerle daño o porque, en algún recóndito lugar donde se conserva la lógica de los sueños, yo sé que si hago fuerza se desvanecerá. Total, que mi padre pasa dentro y yo digo algo que no logro recordar ahora, pero que sería algo tan ocurrente como «Hola», no creo que se me ocurriera nada mejor.

—¿Me esperabas? —dice él, y reconozco su voz, que era bastante bonita y no he podido volver a oír, pero en ese momento la oigo perfecta.

Y me doy cuenta al oírle de que sí, de que le esperaba, de que le llevo esperando desde que se fue, como si en lugar de morirse sólo se hubiera ido de viaje. Pero, a pesar de desear tanto este encuentro, me quedo ahí parado como un pasmarote.

—¿Puedo pasar? —insiste mi padre ante mi torpeza.

—Sí, sí, claro, perdona —digo yo, y como no quiero que vea el follón que tengo en el salón con los chinos, la maldita fibra óptica y mi hermana venga a colocar sobre los boquetes kilims y jarapas carcomidos, lo llevo a mi cuarto. Él recorre con naturalidad aquel pasillo, al fin y al cabo es su casa. En mi habitación, se acerca a la librería y deja correr su mirada por los lomos de los CD.

—Tienes muchos discos.

—Bueno..., todavía tengo más en el disco duro del ordenador —afirmo estúpidamente. De pronto recuerdo algo y voy hacia la estantería donde guardo los vinilos—. Mira, ¿te acuerdas? «La puerta verde», tu EP de Los Llopis.

—Ya, ya, ¿y para qué guardas estas antiguallas?

—Bueno —contesto un poco sorprendido—, de vez en cuando me divierte pincharlos, tengo un plato —digo mostrándole mi mesa de mezclas.

Él cambia de conversación:

—Este ordenador es bastante mejor que el que yo te regalé.

—La tecnología ha avanzado mucho, ¿sabes? Pero aquél era muy bueno para su época y sigue funcionando. —De repente me parece que me he metido en terreno pantanoso, así que intento arreglarlo—: Lo que ocurre es que ahora hay una cosa que se llama Internet y aquél... pues no estaba preparado para soportarlo.

Él no contesta, como si fuera algo insignificante la alusión al paso del tiempo, al progreso que él, tan aficionado a la tecnología, tan a la última siempre, se ha perdido por morirse.

—Con Internet no hace falta acumular discos físicamente en casa, puedes acceder a cualquier cosa en un instante. Pero conservo todos tus vinilos, mira. Todos.

Y de nuevo torpemente, ¡hala!, le vuelvo a enseñar el de Los Llopis. Por Dios, qué perra con «La puerta verde».

—Ya, ya, ya me lo figuro —contesta mi padre, y yo voy y tropiezo con la silla. En lugar de reírse, mi padre pregunta—: ¿Me puedo sentar?

«¿Cómo no te vas a poder sentar? Es tu casa. Lo hemos conservado todo por ti, esperando que volvieras», pienso, pero no soy capaz de pronunciar ni una sílaba, como suele ocurrir en los sueños. Bueno, en los sueños y en la realidad. Intento entonces encarrilar lo descarrilado:

—Claro, claro, perdona. ¿Dónde quieres sentarte? ¿Quieres quitarte el abrigo? ¿Quieres tomar algo? Yo estaba tomando un gin-tonic. ¿Te apetece uno?

Digo esto del gin-tonic y me quedo tan pancho. Como si alguna vez yo tomara gin-tonics solo en casa por las noches. Si acaso una birra. Era él el que tomaba gin-tonics cuando yo era niño.

—No, no, gracias, no puedo tomar nada —me contesta.

Y yo no entiendo. ¿A qué se refiere con que no puede tomar nada? ¿A sus antiguos achaques? ¿O se refiere simplemente a su actual condición incorpórea o lo que sea? Pero me callo y le pregunto:

—¿Y Coca-Cola? ¿Quieres una Coca-Cola? Bueno, Pepsi, que mamá sigue siendo de Pepsi. ¿O un Aquarius? Sienta bien. ¿Conoces el Aquarius?

No había imaginado así este encuentro. Lo había deseado cientos de veces, pero de otra forma. Desde luego, no como un simplón anuncio de refrescos y yo de solícito camarero. Salgo ya a buscar el Aquarius de marras cuando oigo su voz calmada, tranquila, como recriminándome mis nervios de anfitrión infantil:

—Siéntate aquí. Estate tranquilo. Vamos a hablar. ¿No querías hablar conmigo?

Me intento sentar en la cama frente a él, que ocupa la única silla del cuarto, pero en esto que me doy cuenta de que llevo una especie de armadura de la Edad Media o, más bien, de hombre de hojalata que me impide moverme. Mi padre me mira, no dice nada y yo noto esa palidez y ese aire cansado de sus últimos años de vida.

—¿Cómo estás? ¿Qué haces? —me pregunta. Yo intento quitarme la armadura de latón, pero no hay caso, así que decido aceptarlo.

—Bien. Trabajo en la papelería. La imprenta la tuvimos que cerrar, ¿sabes? Porque con toda la informatización había que hacer una inversión muy grande y mamá pensó que...

—Eso ya lo sé, me refiero a qué planes tienes, en qué andas...

—Ah, ya. A veces pienso si deberíamos coger una dependienta y comprar una fotocopiadora grande y una máquina de impresión de fotos digitales. No lo sé. Yo creo que facturaríamos bastante más, no sólo por las posibilidades de la reprografía, es que eso haría entrar a más gente en la tienda. También se pueden alquilar, pero... —De pronto me quedo sin ganas de seguir hablando. Mis palabras me parecen insípidas, pequeñas—. Ya veremos.

—¿Y tu novia?

Aquello sí que me descoloca del todo.

—¿Mi novia?

—Sí, aquella chica que estudiaba contigo. La que te llamaba tanto.

—Ah, Lourdes. ¿Te acuerdas de ella?

Me asombra mi padre. Qué cosas me saca. Poco

después de su muerte, la familia de Lourdes se trasladó a Valencia y la relación se cortó, yo no había vuelto a verla. Rara vez pensaba en ella.

—Eso, Lourdes. Aún la puedo ver cuando te cogió la mano el día del entierro.

—Fue el día antes, yo creo que tú estabas aún...

Hago un gesto vago como indicando horizontalidad. Me da pudor hablar de esas cosas, no de las manitas con Lourdes, sino de la muerte. Es como cuando después de una bronca vuelves a quedar con la chica, pero, aunque está ahí, en la mente de los dos, eludes el tema por el que os peleasteis, aunque está ahí, en la mente de los dos, por miedo a acabar discutiendo otra vez. Él termina mi frase:

—¿En la camilla? ¿En la del centro de salud o en la del depósito? ¿Te refieres a que aún no habían traído el ataúd?

Bebo un sorbo del gin-tonic que mágicamente está en mis manos y él, inclinándose un poco, me palmea la rodilla.

—Venga, hombre, que han pasado veinte años. Se acaba uno acostumbrando a hablar de esas cosas con naturalidad.

¿Se acostumbra uno? ¿Quién? ¿El protagonista del acontecimiento? ¿Dónde? ¿Dónde viven esos protagonistas tan «naturalmente» mientras los secundarios nos quedamos aquí para recordarlos? Tampoco me atrevo a preguntárselo.

—Bueno —dice, poniéndose en pie—, entonces no tienes novia.

—No tengo, ahora no —confieso, un poco avergonzado—. No sé qué pasa que... se me escapan.

—Te gustan, pero no se dejan coger —dice mi padre, no sé si en broma o en serio—. Como las mariposas.

—Eso —digo yo, y me callo. ¿Cómo voy a tener novia con la casa llena de chinos y llevando esa armadura cutre y absurda? Sólo me falta un embudo en la cabeza para parecer el personaje de *El mago de Oz*.

—¿Y en el resto de la casa habéis cambiado algo? —pregunta él.

Disimulo el desasosiego con el trago y me levanto con dificultad porque el corsé metálico se ha oxidado y ya no hay quien lo articule.

—No. Casi nada. Ya sabes que a mamá las cosas de la casa no le preocupan mucho.

—¿Y a ti?

—Bueno, no es mi casa.

Intento resultar respetuoso y convincente, pero no me contesta porque estamos ya frente a la puerta entreabierta de su viejo dormitorio, que ahora sólo ocupa mi madre. A ella no le gusta dormir con la puerta cerrada, dice que le produce claustrofobia; esto a mí me angustia porque mi armadura chirría ahora de lo lindo y tengo miedo de que el estruendo la despierte. Mi padre se fija en nuestro perro, un bóxer, sentimental hasta el exceso, que duerme siempre a los pies de mi madre, un perro que él, claro, no ha conocido, porque apenas tiene cinco años y él lleva muerto veinte.

—Ése no es Montblanc.

—No, éste es Parker, que es mejor marca que Cross, Montblanc, Waterman, Sheaffer y todas las demás juntas.

Es una broma que repito yo mucho porque suele tener efectos positivos en la gente, pero él no se ríe.

—A Montblanc lo tuvimos que sacrificar. —Otra vez me siento en terreno resbaladizo—. Bueno, era ya muy viejo.

—¿Y qué le pasa a mamá en el brazo? Lo tiene vendado, ¿no?

—Sí, se cayó.

Mi padre mira a su mujer, que es su viuda y que ahora le saca veinte años: ella es una vieja mientras él se ha detenido en la mediana edad. Pero ni las arrugas de su rostro antes tan hermoso y ahora deformado por los años, ni la flacidez de su cuerpo con sus kilos de más, ni el brazo escayolado parecen impresionarle, y la mira con ternura, más que con preocupación. Será que ni la decadencia de la carne ni las incidencias traumatológicas preocupan en el más allá.

—Mi Marga, mi querida Margarita... Pobrecita —dice—. Dale un beso por mí.

Parece que da la visita por concluida. Arrastrando mi enorme peso (la coraza ahora parece de plomo) le sigo hasta la puerta. En el salón, los chinos y mi hermana siguen poniéndolo todo patas arriba. Él pasa olímpicamente, no me reprocha el desbarajuste.

—¿Y por qué sigues viviendo con ella? Ya tienes treinta y siete años, ¿no?

¿A qué viene esa pregunta? Le miro perplejo. Él me pega unos cachetitos cariñosos en el moflete, como antaño. Pero ahora ambos somos adultos, nos vamos acercando en edad. Me doy cuenta de que, sin embargo, a mis treinta y siete años, por mucho que le hable con fingida soltura de gin-tonics, de discos, de la papelería, de nuestro perro, de mi madre, me porto como un adolescente, un adolescente blindado, eso sí, por una mala chapa de acero que no parece inoxidable. Por amor de Dios, ¡cómo pesa! ¿O es que en realidad sigo siendo el mismo adolescente que él dejó cuando se fue?

—Venga, que era una broma. Me parece que sigues tan picajoso como siempre. No has cambiado —me dice y me besa.

Y entonces me invade aquella sensación que había olvidado: la maravillosa percepción física de su afecto, profundo, verdadero, de su amor protector de padre lleno de comprensión y paciencia y generosidad y apoyo incondicional que me hacen olvidar por completo el aparatoso caparazón metálico que cargo. El tacto amoroso de mi padre me aligera y me desarma, porque entonces me hago consciente de que en mi vida falta por completo y comprendo que lo necesito tanto. Él ve mi cara inexpresiva de panoli y dice:

—Pero tu alma ¿dónde está, Vicente? ¿Dónde la has puesto, hijo? ¿O se la llevó el diablo?

DOMINGO, PAELLA

Mi alma. El sueño había plantado en mí sus semillas en forma de preguntas y no se marchaban. Mi alma. ¿Dónde estaba? Desde luego, no en los pasillos de urgencias del hospital en el que ese día mi madre fue atendida, radiografiada, reconocida, enyesada y demás. Pero allí, con esa luz fría tan fea, empujado por la larga espera empecé yo a cavilar sobre mi situación, es decir, la nuestra, porque el destino de mi madre y el mío estaban intrínsecamente unidos tanto en lo doméstico como en lo laboral, y a raíz del sueño dudaba de que esta convivencia tan estrecha fuera una buena idea. Entonces se me ocurrió lo de la paella, hacer una comida en casa el domingo para plantear algunos cambios, digamos, organizativos, que yo pensaba entonces que es lo que el sueño pedía. Pero antes quería consultarlo con Blanca.

Mi última relación fue con Blanca. Es una compañera de trabajo de Esther, la novia-amante de

José Carlos. José Carlos, creo que ya lo mencioné, es mi vecino y también mi amigo. Vive solo. Sus padres son mayores y están en una residencia de ancianos, así que él compró el piso familiar a sus hermanos. Nuestros amigos piensan que somos parecidos y que por eso somos íntimos, los dos solteros del grupo, pero no lo somos, en absoluto. Primero, porque él viaja mucho por su profesión. Yo ya he dicho que me gustaría viajar, pero con una tienda es imposible. Y, segundo, porque José Carlos —aunque no se lo cuente a los demás a mí sí me lo cuenta— hace unos cuantos años que mantiene una relación muy intensa con una compañera de trabajo que está casada y no quiere dejar a su marido. Esto al principio desesperaba a José Carlos, pero ahora se ha acostumbrado y de hecho no le ve más que ventajas. Esta chica se llama Esther y a veces yo también salgo con ellos. José Carlos siempre quiere que yo me líe con alguna amiga de ella, preferiblemente que esté en parecida circunstancia. Dice que las mujeres maduras y casadas son el chollo del siglo y que los hombres que no lo saben son idiotas, pero que es una suerte para nosotros, los que sí lo sabemos, los iniciados, porque hay cientos y miles de ellas disponibles. Sólo hay que saber alcanzarlas.

Una de esas amigas de Esther es Blanca. Hace un par de años empezamos a salir los cuatro juntos, creo que porque Blanca era la coartada de Esther para salir a cenar algunas noches sin que su marido sospechara. Esther dice que las coartadas para que cuelen tienen que ser no sólo verosímiles, sino veraces. Que las mentiras se te olvidan y la verdad nunca caduca. Si le dice a su marido que va a cenar con Blanca, va a cenar con Blanca. Y con José Carlos, aunque ésa es la parte que omite. Pero, claro, para que Esther y José Carlos puedan cenar, no tiene mucha gracia que Blanca tenga que estar de carabina. Así que empezaron a invitarme a mí.

Aunque es una mujer ni guapa ni fea, ni alta ni baja, Blanca está muy bien para los cuarenta y largos que tiene, y en cuanto la conoces te cae de maravilla. Yo no me hubiera acercado a ella en la vida, eso también es verdad, porque jamás se me hubiera ocurrido que un tío diez años menor pudiera atraerle, pero la atraje, durante un tiempo al menos la atraje cerca, muy cerca de mí, en una relación que ella llama intermitente y que yo llamo un naufragio. Aunque hace bastante tiempo que no nos vemos, aunque la relación puede darse por concluida, yo sigo pensando en ella ocasionalmente. Y como es ingeniera industrial, es listísima y me fío mucho de su criterio; en uno de los ratos que mi madre estaba con los médicos y yo no podía entrar con ella, decidí contarle mi idea y que me ayudara a diseñarla.

—Hola, Vincenzo, ¿qué te cuentas?

—Hola, Blanca. Que mi madre se ha caído.

—Vaya por Dios. ¿Se ha hecho mucho?

Sólo escuchar su voz al otro lado del hilo me tranquilizaba. Charlamos, le expliqué que mi madre tenía el hombro roto, que le habían mandado reposo y que esa fractura podía implicar varios meses de recuperación.

—No va a poder trabajar en una larga temporada. Además, Blanca, que tiene ya edad de jubilarse y por eso se me ha ocurrido poner las cosas en orden. Que es que no puedo seguir así. Que ha llegado el momento de responsabilizarme del negocio. ¿No te parece?

Con saber que tras mis palabras recibiría las suyas de vuelta ya elaboraba yo mis ideas mejor y echaba mano de términos como «responsabilizarme del negocio», «poner las cosas en orden», expresiones que me son ajenas.

—Es una gran idea, Vicente.

—Pero ¿lo ves económicamente viable? Porque tengo algunos ahorrillos, pero no sé.

—Claro que es viable. Me parece muy pero que muy bien. Te hacía falta algo así...

—Pero ¿vale la pena intentarlo?

—A ti te gusta la papelería, ¿no?

Titubeé un instante antes de contestar.

—Sí, me gusta, sí, pero...

—Pues ya está. A por ello. Tengo que dejarte,

Vincenzo. Ya me contarás. Saldrá muy bien... Un beso... *Ciao, ciao.* Hasta luego.

La dejé ir. Con su atención, aunque sólo fuera durante esos minutos en que pudimos hablar antes de que ella se metiera en una reunión de producto, me sentía reforzado: el paso que quería dar no era insensato y las fuerzas no me fallarían. Vincenzo. Sólo ella me llama de esa forma. Es por un italiano que conoció cuando tenía dieciocho años haciendo el InterRail. Un *pizzaiolo* que debía de estar cañón. Cuando me lo contó me agarré un soberano ataque de celos, pero pronto comprendí que ella tenía razón: es tontería padecer celos retrospectivos cuando sales con una mujer madura. Lo terrible sería que tú fueses su primer novio y hubiese llegado virgen hasta esa edad.

Apaciguado por la conversación telefónica con Blanca y una vez trazado mi plan de la mano de esa mujer que yo considero, aún hoy, muy buena tipa, cogí el teléfono y llamé a mi hermana Nuria. Le conté lo del trompazo de mi madre y le pedí que viniera a comer el domingo. Muchos domingos come en casa con nosotros, pero no todos, porque como es separada y sus tres niños tienen tres padres distintos, organizar las visitas puede ser más complicado todavía de lo complicada que hace ya la existencia mi hermana de su natural. Los sábados y domingos que Nuria está sin hijos no la pillas de ninguna manera, porque siempre tiene plan con sus amigas o con algún noviete y lo último que le apetece es venir a comer con su madre viuda y con su hermano alma de caracol, porque eso y no otra cosa es lo que yo ahora sabía que era.

A mi madre le da igual comer con mi hermana que no, ella tiene su vida. Quiero decir con esto que mi madre no es la típica señora que necesita sus polluelos alrededor para sentirse útil. Ella ha trabajado fuera de casa siempre y es bastante autosuficiente. No es que a mi madre no le guste mi hermana o tenga un problema con sus nietos. En absoluto. Mi madre no es de esas mujeres maniáticas que antes de que alguien ponga una huella dactilar en sus ceniceros de plata o haga un raspón con las botas en el parquet prefieren morir solas y tristes. No. Mi madre es una mujer despreocupada para los temas de la casa. La casa tiene un fin funcional y nunca la he oído quejarse porque se estrelle una copa o nuestro perro llene de pelos el sofá. Lo que le desagrada es mandar a la gente, imponerse, dice ella. Y yo creo que, más que eso, lo que quiere es evitar que le impongan nada a ella. De manera que si soy yo el que llama, todo bien, pero si tuviera que llamar ella, jamás veríamos a los niños. No obstante, aunque a mi madre le sea indiferente que venga mi hermana, yo la invito. Me consta que es bueno para mi madre, para Nuria y para los críos. Bueno, y para mí también.

Para la familia, mi hermana Nuria es un poco como mi madre y tal vez por eso en seguida le sobró su marido. Cada uno de sus tres hijos es de una pareja distinta, ya lo he dicho, porque le resulta más fácil tener un hijo con un hombre que casarse con él. Ahora está saliendo con otro tío y, al ritmo que va, me parece que pronto tendré cuatro sobrinos y cuatro ex cuñados. O cinco. O seis. Sin embargo, ella no sabe que es alérgica al compromiso, cree que tiene mala suerte y que le tocan los tíos con tara de fábrica. Así lo dice. Lo que le toca en realidad es una madre que no le ha enseñado a tener paciencia. Pero, vamos, ésta es mi opinión. En la familia, toda la paciencia la tengo yo. Hasta aquel domingo de la maldita paella.

Nuria se presentó con Jorge, su nuevo novio, un tío un poco más joven que ella, campechano y, por una vez, normalito. Aunque yo no le conozco mucho y el asunto era delicado para exponerlo ante extraños, me parecía que en el sueño mi padre me había dejado muy claro que no podía esperar. Tenía que coger cuanto antes ese toro por los cuernos. Yo torero, lo que se dice torero, no soy, así que mientras servía la paella y Parker correteaba alrededor de la mesa excitadísimo por la presencia simultánea de los niños y de unos huesos de pollo que antes o después le caerían, dije:

—El otro día soñé con papá y...

Pero nadie prestó la mínima atención. Aunque me decepcioné un poco, hice acopio de fuerzas y volví a abrir la boca para continuar:

—He estado pensando mucho estos días. He dado vueltas a las cosas y...

—No me gusta la paella —interrumpió mi sobrina pequeña, Amelie. Sí, mi hermana le puso ese nombre por la película. Tuvo que pelearse con la funcionaria del registro, que lógicamente pretendía inscribirla como Amelia, pero lo consiguió. Y no, nadie de mi familia tiene nada que ver con Francia ni con el cine.

—¿Cómo no te va a gustar la paella? La paella está buenísima. La paella les gusta a todos los españoles. La paella es patrimonio de la humanidad. Hasta a los catalanes les gusta —intervino el tal Jorge, que tiene un sentido del humor peculiar y, como se ve que estaba en plena fase de hiperactividad sexual con mi hermana, sólo quería complacer y hacer tan felices a los otros como se sentía él mismo.

—Pues a mí no me gusta —insistía mi sobrina.

—Te la comes —dijo mi hermana—, y deja de tocar al perro.

—No —contestó la niña—, y tiene nombre, mamá, se llama Parker.

—Vicente, sírvele —me ordenó mi hermana.

—Si dice que no quiere, le puedo hacer otra cosa —ofrecí yo.

—Ni otra cosa ni nada. Si hay paella, se come la paella. ¡Que dejes de manosear al perro! —gritó mi hermana.

—Que no quiero. —Mi sobrina Amelie erre que erre—. Parker, bonito, Parker...

—La vamos a tener, ¿eh? La vamos a tener. —Se ve que la actividad sexual no estaba teniendo el mismo efecto beneficioso sobre el estado de ánimo de Nuria que sobre el de su amante.

—De verdad, Nuria, que no me cuesta nada. Caliento cualquier cosa. ¿Te apetece una tortilla, Amelie? Hay también filetes rusos de ayer. Riquísimos, con kétchup —propuse a mi sobrina, que hundía su carita entre las orejas de mi perro, cada vez más alterado de pura felicidad.

—Sólo le gusta la paella como la hace su padre —puntualizó Sergio, mi sobrino mayor.

Ajá, éste podía ser el verdadero quid de la negativa frontal de mi sobrina a comer arroz y de la obcecación de su madre, mi hermana, con que lo engullera. A Nuria, con su hija le brota una ofuscación que sólo se puede justificar porque la niña es clavada a su padre, al que Nuria no puede ni ver. Lo odia con la misma intensidad con la que antes le adoraba.

Como se llevan a matar y están todo el día a la greña con la custodia y la pensión alimenticia y el coche, que sigue a nombre de ella pero lo usa él —en fin, las miserias de las separaciones—, mi hermana a veces confunde a su hija con su ex y se empecina en cosas irrelevantes. Como un plato de paella y las caricias a un perro.

Así las cosas, empezamos a comer arroz amarillo en silencio, pero yo no iba a volver a tener otra oportunidad hasta dentro de quince días, y quién sabe qué nuevo enfrentamiento entre Nuria y su hija de seis años podía surgir entonces, así que me armé de valor y anuncié lo que me había propuesto:

—Os estaba diciendo que lo he pensado muy bien y quiero comprarle la tienda a mamá.

Me ajusté a mi guión, a esa reordenación territorial dictada por las circunstancias que, bajo mi punto de vista, no perjudicaba a nadie: comprar la tienda, convertirme en empresario, ser el único responsable, hacer algunos cambios en el modelo de negocio y a partir de ahí empezar también a buscar un piso y, quizá en un plazo breve, mudarme. No me quedaba otra.

Mi madre me miró un momento. Nuria seguía comiendo compulsivamente, que es lo que hace cuando le hierve la sangre. A saber qué fantasías violentas pasaban por su mente en esos momentos con su ex o yo como víctimas. Se sirvió más arroz.

—¿Queréis vosotros un poquito más? —ofreció Jorge por serenar los ánimos.

—No, gracias —le contestó mi madre—. ¿Cómo has dicho?

Eso me lo preguntaba a mí.

—Mamá, que tú con lo del hombro, pues que igual..., que tengo algunas ideas para la tienda que me gustaría llevar a cabo... Cambios. Y prefiero emprenderlos solo. Y te puedo comprar tu parte. Ya he mirado los créditos en el banco.

—Y la mía. Mi parte también me la comprarás. Vamos, digo yo —dijo Nuria descabezando un langostino.

—Bueno, la tuya... —empecé a contestar a mi hermana, pero mi madre me cortó.

—Mi parte es más grande que la vuestra. Tengo además el tercio de libre disposición.

—Sí, mamá, por eso le estaba explicando yo a Nuria que su parte...

—Y será si yo quiero —me interrumpió mi madre.

—Sí, claro. Yo os lo propongo porque creo que sería buena idea. Así tú puedes jubilarte, rescatamos tu fondo de pensiones, que hay un dinerito interesante, y...

Me volvió a cortar.

—Ah, o sea, que lo tienes todo planeado.

—Sí —contesté yo un tanto desconcertado. Me había figurado que tenerlo todo estudiado habría sido un punto a mi favor, una demostración de madurez y responsabilidad.

—¿Y cuánto nos darías?

Ahora era Nuria la que me interrumpía. Había dejado temporalmente los langostinos. Esta perspectiva del dinero en su bolsillo le había hecho olvidar los sinsabores con su ex y ahora era ella la que acariciaba a Parker y le daba una alita de pollo de su plato, cosa que tengo terminantemente prohibida, así no hay forma de educarlo, pero no dije nada porque el adiestramiento de mi perro no era hoy el tema.

—O sea, que me tengo que jubilar.

—No, mamá, no es eso. —Ahora venía la peor parte—. Lo que yo quiero es que estés cómoda, mamá. Asegurar tu futuro. Que igual la tienda ya, mamá, no sé, es mucho para ti. Te cansa. Vamos, quiero decir...

No me dejó seguir.

—Lo que tú quieres es quitarme de en medio.

—Pero aunque no sea exacto, así por encima, ¿de cuánto dinero estamos hablando? —Mi hermana a lo suyo—. Por hacerme una idea. Con eso le compro el coche a Daniel. —Daniel es su ex este que detesta; con Luis, el otro ex, el segundo, se lleva de maravilla afortunadamente, es un santo varón, y con Ernesto, el primero, no hay conflicto porque es argentino y vive allí la mitad del tiempo—. Necesito un coche. Y al fin y al cabo está seminuevo.

—Mamá... —Yo intentaba reencauzar la conversación hacia mi madre, que era quien verdaderamente me interesaba. Pero Nuria no estaba dispuesta a ceder protagonismo:

—¿Diez mil euros? ¿Cuánto puede valer la tienda? ¿Veinte mil? ¿Cien mil?

La ignoré, aunque me costaba porque seguía alimentando a Parker y malacostumbrándolo.

—Mamá, el local podría seguir estando a tu nombre. Yo te pagaría un alquiler, y la titularidad del negocio es lo que pasaría a ser mío, porque si lo piensas...

—Ésa es la cosa, que la que tengo que pensar soy yo —sentenció mi madre.

Me quedé callado. Hasta ahí alcanzaba el guión que me había preparado con Blanca. Nuria aprovechó el silencio que se hizo:

—A mí me corresponde la misma parte que a él. ¿No, Jorge?

Jorge trabaja en una gestoría y mi hermana ya lo quería meter en su gran embrollo, en la gran tela de araña que son sus relaciones sentimentales, donde lo mezcla todo, lo confunde todo y acaba sin nada. Pero Jorge fue prudente, visto lo visto, y no se mojó, aunque todos supiéramos que no alinearse a muerte con mi hermana en un momento así era bronca segura más tarde. Nuria es de las de o conmigo, o contra mí.

Decidí contraatacar. Al fin y al cabo, una hermana no es una madre.

—Según el testamento, sí, Nuria; pero yo llevo trabajando allí desde el mismo día que se murió papá, mientras que tú no. No es lo mismo. ¡Y no des de comer a Parker en la mesa! —le espeté.

—Pues no lo entiendo —contestó ella.

Me estaba hartando mi hermana. En lugar de ayudarme a convencer a mi madre, hacía la cuenta de la lechera, pero me armé de paciencia y proseguí con la explicación. Nadie había dicho que fuera a ser fácil.

—Mujer, que yo todos estos años he aportado más. Es lo que te quiero decir. Y que, cuando un socio no mete nunca un duro en el negocio, sus acciones se desvalorizan.

—Tú tampoco has metido un duro —me dijo mi madre agitando los deditos que sobresalían de la escayola. Que se hubiera mantenido callada no significaba que se hubiera rendido, ni siquiera que la hubiera convencido un poco.

—Pero le he echado muchísimas horas. Eso también es aportación de capital, mamá. Mis acciones, comparadas con las de Nuria, han subido cantidad. Cantidad han subido.

Me había dolido la alusión directa de mi madre al dinero, a mi falta de aportación. Siempre he tenido un problema con esto, con mi tendencia a desaparecer, a no ser visto, a borrarme. ¿Es que no llevaba yo veinte años con ella allí, mañana, tarde y muchas noches? ¿Es que no se acordaba? ¿Es que mi cuerpo no ocupaba espacio, es que mis manos no habían dejado su huella sobre el mostrador, sobre la caja, sobre el ratón del ordenador, sobre la escalerita del almacén? Yo no había metido un duro. Yo no había estado. Sentí que el estómago se me cerraba, y Parker, que para mis estados de ánimo es muy perceptivo, dejó a mi hermana, se vino a mi lado y se pegó a mi pierna agitando su cola para darme ánimos y calor, un calor que a veces, es cierto, necesito bastante. Y es que en mi familia, como he explicado, no somos muy dados a mostrar los sentimientos, mucho menos a hablar de ellos serenamente y racionalizarlos. Es más, los sentimientos se nos escapan. Como palabrotas. Como ventosidades que te pillan de imprevisto y te abochornan. Hacen estallar, hacen descarrilar un discurso cualquiera y siempre están fuera de lugar y de tono. A mi madre no te la ganas con los sentimientos, porque a ella ese tipo de conversaciones sencillamente no le interesan. Y con mi hermana Nuria nos habíamos pasado la infancia y la adolescencia batallando a muerte en combates cuerpo a cuerpo hasta que yo la superé en peso y estatura y ella reculó. Bastantes sentimientos y emociones había habido ahí, en esas peleas, como para explorar cualquier otro a estas alturas. Logré calmarme y no entrar al trapo.

—¿Puedo poner la tele? —preguntó mi sobrino,

el mediano, que es un loco de las motos; ese domingo había carreras.

Mientras los niños veían las motos y mi sobrina jugaba obsesivamente con mi móvil (es una niña completamente adicta a las pantallas, la pobre es clavada a su madre, por eso pelean tanto), los adultos permanecimos sentados alrededor de una paella fracasada. Las cosas habían salido peor de lo previsto. No podía quitarme de la cabeza que sacando un tema que yo sabía tan delicado, que potencialmente podía molestar, había provocado esta situación y hacía daño a mi madre, ya de por sí herida en la caída. A mi hermana, en cambio, no se le movía un pelo del moño ese desatinado que se hace. No hay nada peor que una mujer de cuarenta que quiere ir como una de quince, con todo mi respeto hacia las mujeres de cuarenta. Yo hubiera esperado de mi hermana un poco más de apoyo, sinceramente, porque como a ella la papelería le es indiferente y yo, al fin y al cabo, no estaba pretendiendo venderla, ni cerrarla, sino proponiendo una solución para la vejez de nuestra madre, no se me ocurrió, mientras lo pergeñaba los días anteriores, que a Nuria le fuera a parecer mal. Eso me fastidiaba. A mi hermana llevo prestándole dinero muchísimos años, desde que éramos pequeños prácticamente. Lo llamo prestar, pero es un eufemismo. Le regalo dinero. O me lo saca. Veinte euros hoy, cincuenta mañana, si echas la cuenta las más de las veces le paso más pasta que sus tres ex juntos. Eso está claro. A veces pienso que debería apuntarlo, porque ya son unos buenos miles de euros, pero otras veces pienso: ¿qué clase de persona soy si contabilizo las necesidades de mi hermana y mis sobrinos, sobre todo, que son unos niños que no tienen culpa de nada? ¿No está la familia para eso? Al fin y al cabo, yo no tengo hijos propios. Todavía.

Nuria nunca menciona el dinero que me debe. Sólo en Navidad, cuando me hace unos regalos estupendos a modo de compensación. Pero yo casi preferiría que no me hiciera regalos tan estupendos y saldara algo de la deuda. A veces, esos regalos los hace con lo que me ha pedido el día anterior. Bien es cierto que yo tengo ventajas sobre ella. No pago casa porque vivo con nuestra madre y tengo trabajo porque me quedé en la papelería. Si se hubiera quedado ella, no habría trabajo para los dos. De algún modo, yo ocupo espacios que también podrían ser suyos por derecho propio. Igual que ella nunca me ha reclamado esos espacios, yo no le reclamo mi deuda. Mi amigo José Carlos, que es tan pragmático, me dice:

—Si en el fondo le haces un favor a Nuria, que no tiene que ocuparse de tu madre ni de su negocio.

Pero no es estrictamente cierto. Nuria nunca quiso saber nada de la papelería. Cuando vivía mi padre y llegaba el verano, siempre nos decía eso de «En vacaciones no quiero veros en casa hechos unos zánganos. Hala, a la imprenta conmigo», y le ayudábamos a hacer el inventario o a pintar las paredes o a cualquier pequeña faena. En realidad, mi padre era un buenazo y a los dos días nos dejaba irnos a la piscina con los amigos, pero la gran diferencia entre mi hermana y yo es que ella detestaba estar encerrada en pleno julio mientras los demás se divertían. A mí, en cambio, me gustaban las sombras refrescantes de las persianas echadas y los recovecos entre las cajas de material, que llegaban hasta el techo. Me gustaba descubrir libros, calendarios, postales, revistas irremediablemente atrasadas que nadie había recogido nunca y que nadie leería, artículos que acumulaban ya más años que nosotros y que mi padre guardaba porque en su día le dio pena cobrárselos a tal editor que cayó enfermo o a tal representante que tenía mala suerte o que bebía y a quien la vida había maltratado. «Las modas vuelven, un día serán antigüedades», decía mi padre y así justificaba todo aquel sobrante inútil. A mi padre no le gustaba hacer daño, y ésa es una cualidad que yo admiro en las personas y que me gustaría ser capaz de imitar.

Por eso se me hacía más difícil ver a mi madre disgustada y con la comida fría en el plato. Impedida de un brazo, con magulladuras y cardenales varios, no se maquillaba, ni tenía facilidad para ir a la peluquería y mantener ese aspecto vivo, activo, resuelto que la caracterizaba.

—Y si me jubilo, ¿qué queréis que haga? —preguntó.

Menos mal. Esto me daba un respiro. A lo mejor la idea empezaba a parecerle menos mala.

—Mamá, muchísimas cosas. Quedar con amigas, viajar, apuntarte a cursos, ir al teatro... Hoy hay mil cosas para los jubilados.

—Para los viejos —me corrigió ella—. Me ves ya como una vieja, Vicente.

—Eres un poco vieja, abuela —terció Amelie sin levantar la cabeza del iPhone.

Entre las actividades ideales de otro tipo de jubilada yo hubiera incluido la de dedicar tiempo a los nietos, pero sé que para mi madre no es una opción. Cuando mi hermana nos deja a los niños, que es bastante a menudo, sabe que con quien tiene que hablar es conmigo, porque soy yo, el tito, quien se ocupa de ellos. Y si hace falta, porque veo que mi madre no está para críos, me voy yo a casa de Nuria y le echo una mano. Aunque, francamente, es lo que menos me apetece, porque tiene la casa siempre hecha una jaula de monos y, como no soporto el desorden, me paso el rato que esté allí organizando aquello. Cuando Nuria mete la llave en la puerta y descubre su propia casa bajo un nuevo prisma, el de la higiene, algo debe de movilizarse dentro de ella porque le sale de dentro besarme y creo que lo hace sinceramente. Me achucha un poco, me despide con un beso cálido y me llama Tinín-chiquitín, que es como me llamaba cuando éramos muy niños y todavía no nos pegábamos.

La conversación terminó, como tantas veces, inconclusa. Pasaron a otro tema, las vacaciones de los niños y los campamentos a los que mi hermana pretendía apuntarlos, y no quedamos en nada. Yo guardaba silencio y me decía: «Hay que dar tiempo», que es una cosa que yo tiendo a pensar cuando necesito tranquilizarme y neutralizar alguna idea perturbadora que implica a terceros. Pero no me tranquilizaba, así que, mientras ellos cotorreaban animadamente, quizá para demostrarme a mí que mi reciente propuesta no había causado la mínima mella, me levanté y recogí la mesa. Cuando en la cocina vertí los desperdicios de la paella en la escudilla de Parker y vi cómo mi perro los devoraba con glotonería, sentí que con ellos desaparecían mis aspiraciones de conquistar territorio ignoto.

CAFÉ

Primero me gustaron el pop y el rock. De ahí pasé al soul y al blues. Del blues al jazz. Del jazz a la bossa nova y de ahí al tango. Del tango a otras músicas del mundo como las del norte de África y el Oriente Medio. De ahí pasé a la clásica y con la clásica, de manera casi natural, comprendí, por su ausencia, que lo que más me conmovía era la voz humana y empecé a aficionarme a los *crooners,* como por ejemplo Charles Aznavour, para gran contento de mi madre. Con el tiempo me han llegado a interesar todos los géneros musicales siempre que posean calidad, es decir, alma, intención y verdad, y siempre que no sean músicas prefabricadas fríamente por unos ejecutivos en una multinacional. En la empresa en la que trabaja mi hermana, sin ir más lejos, me consta que diseñan los productos de limpieza y cosmética pensando más en el envase y la etiqueta que en su eficacia. Por eso aprecio el flamenco, que sigue siendo natural y espontáneo, e incluso puedo llegar a disfrutar de la zarzuela, tan ligera, tan narrativa, tan poco grandilocuente, con esas voces llenas de matices que sólo aspiraban a acompañar y entretener. Y, aunque sea incomprensible para mucha gente, en ocasiones también disfruto de la música de bandas ya sean municipales, sinfónicas, militares, porque al igual que a muchos mortales unos violines les hacen ponerse inevitablemente románticos, a mí me agradan las secciones de viento tan poderosas. En especial saboreo las transcripciones de melodías de otros géneros populares y reconocibles, pero que no fueron diseñadas para metales y maderas y que unos músicos que suelen ser aficionados, vecinos de pueblos de Levante que destinan a esas bandas todo su deseo y su atención, hacen crecer desmesuradamente, como desmesurada es la emoción que transmiten y a la que a mí me gusta engancharme. Explico esto para que se entienda por qué a la mañana siguiente de la paella, lunes, cuando al levantar la persiana de la tienda sentí un terrible come come, lo primero que hice fue correr a encender la radio. Quizá lo hice por inercia, quizá fue por recuperar esa rutina salvadora que consuela a la gente cuando le acontecen grandes desgracias, pero lo cierto es que cuando suena música no estoy solo y mis sentimientos encuentran un eco que parece que les da sentido y forma. Se acababa un programa que me gusta especialmente y que se llama «Todas las mañanas del mundo». El locutor tiene un tono de voz que te hace pensar que la vida es suave, sencilla y grata, que es lo que uno quiere pensar a las ocho de la mañana. Podría ser mi amigo, me gustaría, parece buen tipo. La cuestión es que esa mañana me sentía como si todas las mañanas del mundo se concentrasen en una sola y volcaran sobre mí el gran peso de su cargamento. Ni siquiera la voz del locutor-amigo me reconfortaba. Me pasé a Radio 3, donde sonaba McEnroe, un grupo vasco que me emociona bastante, pero tampoco me sosegaba. Había cogido miedo al aparato. No quería probar suerte con los informativos y las aguerridas tertulias que otros días me hacían sonreír ante la suficiencia y la vanidad de los periodistas o expertos o lo que sean todos esos que opinan y discuten. Temía ser asaltado de nuevo por la cuña del alma del caracol. Apagué la radio. Hacía un frío del carajo, porque los lunes, hasta que arranca la calefacción y se caldea aquello, la papelería parece una nevera, y resolví hacerme un café, pero lamentablemente, por mucho que yo quisiera volver a las viejas rutinas, no hubo forma.

Tenía, como digo, más urgencia de mi café que cualquier otro día, necesitaba imperiosamente refugiarme en mi costumbre protectora de casi dos décadas, la mayor parte de mi vida. Sé que habrá quien diga que no es grave no poder tomarte un café tranquilamente, que muchos dirían que lo que me pasó es una bobada (José Carlos lo diría y se reiría a mandíbula batiente) y que además yo mismo generé la cadena de despropósitos por no irme a tomar el café a un bar como cualquier español. Sé que esos mismos dirían que soy un terco (esa cualidad que con tanta facilidad detecto en los demás y que tanto me irrita) y que por terco me obcequé con algo que no era en ese momento ni factible ni importante. Sin embargo, ese pequeño incidente se convirtió en el gran catalizador, o en el sumidero, de otros acontecimientos.

Como cada mañana, abrí la lata en la que guardo el café para que esté más fresco. Estaba vacía. Bien, esto otras veces se hubiera subsanado con facilidad, mi madre o yo hubiéramos salido al súper mientras el otro se quedaba en la tienda, pero en esta ocasión estaba solo y eso dificultaba enormemente un operativo tan sencillo. Sin embargo, no me iba a dejar amilanar. No podía permitir que la caída de mi madre cercenara las posibilidades de éxito de mi camino a la independencia, a ese nuevo nivel del juego que mi padre deseaba para mí. Al menos, en el sueño. Era muy temprano. A esa hora no entran clientes y, si lo hacen, son muy pocos. Todo era cuestión de cerrar la tienda o, mejor dicho, retrasar su apertura máximo diez minutos entre la ida y la vuelta al súper. Así lo hice. Por si acaso, confeccioné un cartel que decía: «Vuelvo en diez minutos», y eché la llave. Como alma que lleva el diablo, una expresión que no comprendo enteramente, pero que me atrae mucho, me planté en el súper más cercano. Como me lo conozco más o menos bien, aunque no sea en el que compramos habitualmente mi madre y yo, localicé en seguida el pasillo del café y elegí un paquete de mezcla. Cuando estaba llegando a la caja, absolutamente despejada a esa hora, y ante la duda de si faltaba también leche o no y para que no me volviera a pasar lo mismo, volví sobre mis pasos para coger semidesnatada. Estupendo, apenas me había llevado dos minutos la operación. Todo controlado, óptimo, y sin embargo, no sé cómo, cuando estaba a punto de llegar a la caja, una señora con un carro rebosante de productos hizo un regate y se plantó delante de mí en la única caja abierta. No podía creérmelo, ¿cómo le había dado tiempo a acumular tantos comestibles en ese carro si el súper acababa de abrir? No me inquieté, porque pensé que la señora, al ver que yo llevaba sólo un paquete de café y un tetrabrik de leche, me dejaría pasar antes que ella. Pero no fue así. La señora hizo como que no me veía y se dispuso a descargar parsimoniosamente sus compras sobre la cinta mientras charlaba con la cajera, a la que claramente le unía una profunda amistad y que, también perezosamente, iba buscando los códigos de barras, comprobando si era oferta o no, etcétera. Viendo a la señora allí, disfrutando de su momento, y a esa cajera que vivía en Jauja, en un lugar tropical y maravilloso donde no hay prisas, comprendí que iba a tener para al menos quince minutos, así que opté por dejar el café y la leche, y marcharme a otra tienda que, aunque es un poco más cara, no suele tener gente. No podía permitirme remolonear los quince minutos que ellas sí se podían permitir.

Esta tienda que digo es uno de esos comercios en los que venden cualquier cosa con tal de no perder ocasión de negocio y que suelen estar regentados por extranjeros, inmigrantes, personas de otra cultura o como deban describirse sin ofender a nadie. En la fachada pone algo así como «Panadería-alimentación-fruta-bebidas frías» y quedan algunos rastros del ultramarinos que fue originalmente y que era bastante estético, con sus filas de conservas formando patrones de colores. No obstante, y por muy tradicional que fuera en el pasado, hoy no es mi lugar favorito para comprar, porque es oscuro y porque siempre tengo la impresión de que los productos tienen una capa de polvo notable. A saber cuánto tiempo llevan ahí, sobre los estantes. Pero con un paquete de café y un tetrabrik de leche no corres el riesgo de intoxicarte, las fechas de caducidad están muy claras y son de los productos que más circulación tienen, así que me despreocupé del aspecto desastrado del negocio y entré sin dudarlo. Para evitar confusiones como las del otro súper, me dirigí directamente al dependiente y le pregunté: «¿Tiene café mezcla?», estableciendo así mi turno preferente. El tipo, que estaba atento a una tele pequeña que emitía un programa de su patria, me miró con esa impenetrabilidad que tienen los asiáticos para nosotros, con ojos que son profundos y rápidos a la vez, pero también indiferentes. Me miraba, pero no me contestaba, quizá porque con el ruido de la tele no me había oído, así que insistí, pero sin resultado. Al fin deduje que su cara de incomprensión absoluta se debía a su escaso o nulo dominio del castellano. Los minutos corrían, yo no podía tener la tienda cerrada, así que opté por buscar yo mismo mi café. Para mi desgracia, sin embargo, rápidamente comprobé que sólo disponían de café instantáneo, que ya he dicho que es algo que aborrezco, así que abandoné el lugar. El dependiente impenetrable, por supuesto, no contestó a mi saludo porque seguía centrado en su televisor.

Pensé en volver a mi tienda. Ya sí que llevaba quince minutos fuera. Pero la idea de encerrarme allí ese lunes, precisamente ese lunes, solo, en silencio por miedo a la radio, y sin haber conseguido un miserable paquete de café, se me hizo insuperable. Así que, dado que estaba a pocos metros de donde aparco mi coche, decidí cogerlo y acercarme a un supermercado serio donde hay más de una caja abierta y donde las cajeras, amén de saber lo que es el café mezcla, obran con ligereza y ritmo.

Pero en el trayecto tuve la suerte de detectar otra tienda de comestibles con bastante buena pinta. Pertenecía a una cadena nueva, moderna, creo que catalana, que me generaba confianza y que está especializada en productos orgánicos y ecológicos. En mi nueva etapa también había decidido empezar a cuidar mi alma por fuera además de por dentro y transformarme así en un consumidor consciente y no un consumidor sumiso. Ésta era una ocasión de oro para arrancar. Quizá fuera hasta una señal del destino. Seguro que allí resolvía mi problema de una vez y podía regresar feliz a la papelería.

El único inconveniente era que no había donde aparcar, pero justo enfrente vi la entrada de un parking de vecinos y, como la operación no me iba a llevar más de tres minutos, mucha casualidad tenía que ser que alguno fuera a salir o entrar en ese plazo. Puse las luces de emergencia, para dar la impresión de que volvía en seguida y de que era consciente de lo irregular de la parada, y me bajé del coche, una vez más, como alma que lleva el diablo.

Había un par de clientes comprando pan, pero ya estaban acabando. Localicé el café, una marca blanca y ecológica, ya digo, pero con muy buena pinta, y mentalmente tomé la decisión de llevarme dos paquetes en lugar de uno para evitar que esta situación se me repitiera. Eché la cuenta y miré mis monedas para ver si tenía el importe justo y agilizar así al máximo el trámite. En éstas estaba, no habían pasado ni treinta segundos, cuando entra en la tienda un chico joven y pregunta si alguien ha dejado un coche en la salida del parking. Le digo que yo, pero que por favor espere un instante, que estoy a punto de pagar. Miro al dependiente a ver si empatiza con la situación y me cobra, pero el dependiente, como se ve que el negocio es nuevo y quiere fidelizar a la clientela, prioriza a los clientes habituales por encima de los sobrevenidos como yo. Quise dejarle el dinero sobre el mostrador y marcharme, lo tenía justo, pero el dependiente, como digo, no estaba dispuesto de ninguna manera a dejar de atender a los del pan. El chavalote de veinticinco años me miró entonces con un gesto muy afectado, muy compungido, y me rogó, como si estuviéramos jugándonos la vida:

—Por favor, mueve el coche, que tengo mucha prisa, luego ya haces lo que quieras.

Es verdad que yo podía haberme puesto burro, porque la situación no había por donde cogerla. Dejarme comprar el café era cuestión de treinta segundos más o menos, pero sometido a la presión del dependiente, que me miraba mal y contagiaba así su desaprobación a los clientes, como si en aquel paraíso de armonía y valores solidarios yo intentara imponer la corrupción moral del consumismo capitalista, y sujeto a la presión del chavalote, sólo pude hacer lo que hice: abandonar los paquetes de café orgánico sobre el mostrador y salir por pies absolutamente derrotado.

Me alejaba calle abajo. Veía por el retrovisor alejarse también ese rótulo tan amable, tan sofisticado y a la vez cercano, ese logo moderno que te invita a vivir mejor adquiriendo productos naturales. Me pareció tan falso que no pude contener una fuerza enorme, una ira descomunal que me subía del estómago a la cabeza. Pisé el acelerador y abandoné la calle derrapando, con un chirrido ridículo con el que calculo que me dejé veinte euros de neumáticos en el pavimento.

Devolví mi coche a su garaje. Pero ya me daba igual todo y, antes de encerrarme en la papelería, entré en una cafetería a desayunar pausadamente.

—Un café con leche. En vaso, por favor —puntualicé.

—¿Algo de comer? —me preguntó tentador el camarero, que era para mí ya el máximo sacerdote de ese templo sacrosanto que es una cafetería para el hambriento.

—Pues sí, mire. Póngame un croissant a la plancha. ¿Tienen plancha?

—Por supuesto.

Sentí ganas de abrazarle. Tras la ira me sentía catatónico. Después del croissant me aticé otro café. Me supo delicioso. Pero mientras me deleitaba con el segundo cálido brebaje, empecé a preguntarme desde cuándo el café había pasado a ocupar un lugar tan importante en mi vida y por qué. No tenía muchas respuestas. Y si las tenía prefería no analizarlas justo en este momento. Éste era el momento de actuar, no de dar vueltas a las cosas. En la barra, una camarera hablaba con otra mujer que entró de la calle. No daba la impresión de que se conocieran, si bien las dos hablaban en rumano. La recién llegada le proponía algo a la camarera, que lo rechazaba. Al fin distinguí en la mano de la primera un taquito de fotocopias. Quería repartirlas por las mesas, para que los clientes las cogiéramos. Propaganda. Como en los tiempos de mi padre y sus octavillas del PCE. Eso me hizo pensar en mi idea de ampliar el espectro de negocio de la papelería con la reprografía. ¿Era tan buena idea como yo creía? ¿Era en hacer fotocopias en lo que yo quería poner mi alma? En el fondo quizá fuera mejor que mi madre no me vendiera su parte de la tienda. En el fondo quizá fuera lo único bueno, que todo saltara por los aires, que ella no pudiera volver a hacerse cargo del negocio y que yo tuviera que tomar una decisión: dejarla colgada con su papelería. Para ella sola. Para ella para siempre. ¿No querías papelería? Pues toma. Yo tengo unos ahorros, con esos ahorros me podía ir perfectamente de viaje por el mundo un par de meses o más. Soy un tío que gasta poco y sabe vivir con poco. Quizá ésa era mi hazaña. La hazaña que me pedía mi padre: dejar a mi madre con su brazo en cabestrillo y la tienda toda para ella. La mujer que repartía propaganda se acercó a mí y me entregó una de sus octavillas antes de irse.

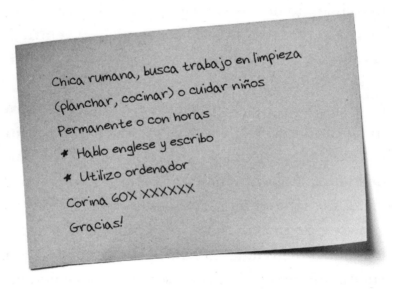

Chica rumana, busca trabajo en limpieza
(planchar, cocinar) o cuidar niños
Permanente o con horas
★ Hablo englese y escribo
★ Utilizo ordenador
Corina 60X XXXXXX
Gracias!

No era una fotocopia. Estaba escrita a mano. Y recortada también a mano. Sin embargo, la letra era buena. ¿Cuántas veces había repetido aquel texto? ¿Y cómo había logrado que no se le deformara la caligrafía en el proceso? Había un número de móvil, por supuesto, que no incluyo aquí porque es lo de menos. Me guardé el papel en el bolsillo y salí hacia mi papelería.

EL CONTRATO

—Corina...

—Sí, yo soy.

Había marcado su número casi sin pensar, movido por la intuición y, sobre todo, por una gran idea.

—Mire, es que tengo su anuncio y querría ofrecerle un trabajo. Vamos, que busco una persona...

Yo no había contratado a nadie en mi vida y según iba pronunciando las palabras este flanco débil iba tomando un tamaño mayor en mi cabeza. Me di cuenta de que no se podía contratar a cualquiera que reparte octavillas en las cafeterías y mucho menos para estar en tu casa, en una casa particular, atendiendo a una persona indefensa que no se vale por sí misma.

—O sea, si pudiera entrevistarla.

El asunto era más delicado de lo que en mi momento de inspiración, quince segundos antes, me había parecido. Ella, sin embargo, no pareció notar mis titubeos y contestó con naturalidad y, para qué negarlo, con alegría.

—Sí, yo puedo venir a entrevista. ¿Me dice dirección?

A esta mujer no podía citarla en mi casa. Aunque ése fuera el lugar donde iba a trabajar, yo conocía lo suficientemente bien a mi madre como para saber que una decisión así debía ser tomada a sus espaldas y dársela hecha. Le di la dirección de la tienda. Me dijo que se pasaría esa misma mañana. Seguía repartiendo sus octavillas escritas a mano por otros barrios. Sentí la tentación de preguntarle por qué había elegido esa forma de confeccionarlas, por qué no había hecho fotocopias, como todo el mundo, pero me callé. Tiempo habría, si la contrataba, para descifrar un comportamiento tan cándido, un comportamiento que, en el fondo, yo aprobaba y había sido determinante a la hora de inspirarme confianza.

Iba vestida con ese estilo estrafalario que yo asocio con los países del Este, o quizá debería decir con las dictaduras, y que por eso también me remite a mi propia infancia a principios de los ochenta, cuando salíamos del franquismo. Si sería espartana, monocromática y funcional esa era de la uniformidad, del no destacar y parecernos todos, que recuerdo perfectamente los primeros calcetines de rayas de colores que vi en mi vida. Mis padres los trajeron de Barcelona, que está más cerca de Europa. Me deslumbraron. En Madrid, los calcetines eran lóbregos: grises, marrones, burdeos, azul marino, verde apagado. Eso confirió a Barcelona en mi cabeza una aura mítica que aún perdura. Pero, volviendo a Corina, diré que su rostro era redondo, de gesto franco y seguro, y que me pareció una mujer fuerte, con las ideas claras y capaz de hacerse cargo de mi madre, a la que yo me estaba hartando de tener que ayudar a ducharse y vestirse cada día. Me estaba hartando no porque yo tenga reparo alguno en ver a mi madre desnuda ni porque me entristezca su decrepitud. En mi casa ya he dicho que somos muy desprendidos para estos asuntos íntimos. Qué va. Lo que me ponía frenético, y me pone, es su terquedad. Esto ya lo he dicho y lamento repetirme, pero es muy cabezota y se niega a ser ayudada, se niega a ser una carga, se niega a dejarte elegir socorrerla. Eso hacía muy pesadas las sesiones matutinas de aseo, y yo me daba cuenta de que cada día se levantaba más tarde de la cama sólo para forzarme a tener que salir escopetado para la tienda y que no hubiera tiempo para discutir con ella allí, en la cocina, vestida con un camisón, preparándose malamente un café con una sola mano y negándose a pasar al baño conmigo. Mi hermana, a quien un día le conté todo esto por teléfono, no le concedió ninguna importancia. Es más, me dijo que la dejara a su aire, que si quería romperse la crisma sola en el baño, allá ella. Pero para Nuria este tipo de cuestiones son muy fáciles, las vive a distancia, como si fueran una serie de televisión con unos personajes que le son familiares, pero finalmente ajenos. Y luego Nuria tiende a regocijarse con los problemas de mi madre, siempre que no vayan con ella. Es su pequeña venganza. O su gran venganza. Ella guarda un enorme rencor a mi madre por algún comportamiento indeterminado en la lejana infancia que puede tomar mil y una formas, pero que, estoy seguro, ella sólo recuerda muy vagamente, por muy imperdonable que le resulte. En la actual circunstancia, yo podía compartir el criterio de Nuria e incluso, egoístamente, decir a mi madre: «Muy bien, allá tú, dúchate sola», y largarme, pero mi temor era que mi madre volviera a caerse estando yo fuera de casa.

Estábamos en la tienda, yo detrás del mostrador y Corina delante, como una clienta, pero no lo era. Pensaba yo en eso, en las posiciones que ocupábamos y si era mejor que yo saliera de detrás del mostrador para estar igualados, para aparecer, digamos, más democrático, menos formal y más accesible con mi potencial empleada, cuando la escuché preguntarme:

—¿Cuántas horas al día?

Esto tampoco lo había pensado. Se me ocurrió que lo principal es que estuviera allí por la mañana para ayudar a mi madre y hacer todo lo de la casa, incluida la comida. Mi madre se empeñaba en manipular con la mano izquierda los fogones y las cazuelas en mi ausencia, y un día íbamos a tener una desgracia. Bien es cierto que nunca ha sido una gran cocinera y que sus menús se reducen a recetas sencillas basadas en materias primas de calidad y con muy poca elaboración. Y luego estaba lo de Parker. Si me descuidaba, también se empeñaba en bajar al perro al parque sin esperar a que yo los acompañara.

—Cinco horas al día. Desde que yo me voy por la mañana hasta que vuelvo a mediodía —dije con firmeza, para evitar la impresión de que improvisaba.

Creo que, cuando alguien entra a trabajar en un sitio, necesita reglas claras y fijas. La elasticidad abre la puerta a todo tipo de conflictos y malentendidos, y yo ya he dicho que no aguanto discutir. Bueno, fundamentalmente es que no sé. Siempre lo hago mal. Acordamos el sueldo que ella me propuso, porque me parecía una mujer honesta y bien informada, pero en lo que no cedí fue en su expectativa de que yo le financiara el abono de transporte. Creí que era bueno tener un as en la manga, algún tipo de gratificación con la que jugar más adelante si prosperaba la relación laboral.

Entraron unas niñas a comprar cargas para sus plumas estilográficas, tippex y unos compases, y Corina se despidió. Se fue con un papelito manuscrito más, el que contenía nuestra dirección.

DEBILIDAD

—

Ahora venía la parte más difícil, contárselo a mi madre. Tenía la mente en blanco. Eran las dos y diez, caminaba hacia mi casa y los argumentos, que tan sólidos me parecían en la papelería cuando los pergeñaba, ahora ni siquiera los recordaba. Repasé. ¿Por qué necesitaba mi madre una persona que la ayudara? Para evitar nuevas lesiones y facilitar su pronta recuperación. Ésa era la respuesta razonable, la única respuesta. Pero ahora no estaba seguro de ella. Era endeble. Mi madre me la iba a tumbar a la primera. Tenía que encontrar más razones. Debía llegar más preparado. Porque me podía volver a pasar lo de la paella, que mi iniciativa acabara en tablas, en la nada, disolviéndose por el sumidero como la espuma de la bañera. Yo callado, ella también, no se sabía si enfadados, y Nuria pasando a cualquier otro tema descabellado. Metí la llave en la cerradura y Parker, que siempre hace unas cabriolas insensatas

61

cuando entro en casa, como si fuera un caniche del circo en lugar de un perrazo de casi cuarenta kilos, no vino a festejarme. Lo llamé, porque me sale más fácilmente llamar a mi perro que a mi madre, y Parker vino desde la cocina, de donde salía, como siempre, el soniquete de la radio. Me sentí aliviado al ver a Parker, por un momento había pensado que mi madre se había bajado con él a la calle, con el peligro que tiene eso, pero no, afortunadamente, mamá estaba en casa y enredaba entre los fogones. Sin embargo, cuando entré en la cocina, no la encontré ni frente a la vitrocerámica ni frente a la nevera trasteando. Estaba sentada junto a la mesita que tenemos para desayunar. Tenía el gesto abatido y estaba pálida; más que pálida, gris. En las escudillas de Parker no había ni agua ni pienso. Que mi madre no se hubiera percatado de que al perro le faltaba comida, con lo que es ella para el perro, que a veces parece que le importa más que nosotros, era aún más raro. Me asusté:

—¿Qué te pasa?

Ni hola ni nada. En mi casa somos así. Decimos las cosas a bocajarro, porque pensamos que el otro tiene telepatía y ve en nuestros ojos ese hola afectuoso y leal que se da por hecho.

—Nada. He venido a hacerme una manzanilla.

—Pero si es la hora de comer... —Le hice ver el reloj.

En mi casa hay un reloj en cada habitación, incluidos el baño y el trastero, lo mismo que aparatos de radio. Tiene gracia, porque mi padre llegaba siempre tarde (menos a su propia muerte, a la que llegó demasiado pronto), aunque quizá su inclinación por los relojes de pared y las señales horarias en general no tuviera tanto que ver con la puntualidad como con el amor por el tictac del péndulo, que con su ritmo parece que susurra: «El tiempo corre, pero estás viviendo, ve tranquilo.» Mi madre no me contestó. Esto es bastante propio de ella, ya lo he dicho, sin embargo no me pareció que esta vez dejara de contestar porque la pregunta no le gustara, sino porque realmente no tenía fuerzas para hacerlo. Parker percibía ese algo insólito y nos miraba muy atento. Le puse agua y comida, pero no las tocó.

Mientras acompañaba a mi madre por el pasillo hasta su cama, donde me pidió tumbarse, reconozco que pensé que esto me facilitaba enormemente el camino hacia Corina. Si mi madre se sentía peor, la presencia de una mujer pasaba a ser imprescindible, y yo, una suerte de adivino o de hombre hiperresponsable que se anticipa a los acontecimientos. Su empeoramiento me confería autoridad. Mamá, podría decirle, mamá, yo me quedo más tranquilo si aquí en casa hay alguien y no estás sola mientras yo estoy en la tienda. Y se lo dije. En cuanto estuvo tumbada me escuché a mí mismo pronunciar aquellas palabras que habían resonado en mi cabeza segundos antes. Ella tendida, desarmada; yo de pie, capaz.

—Yo me quedo más tranquilo, mamá, si aquí en casa hay alguien y no estás sola mientras yo estoy en la tienda.

Odio cuando ocurre eso. Parece que soy un actor en una función de teatro escrita por otro. Pero, aunque lo odie, a veces me pasa. Digo frases que he pensado meticulosamente, frases que no son ni buenas ni malas, pero que a lo mejor siento un poco falsas, y es como si saliera de mi cuerpo y fuera espectador de la escena. Sintiéndome un impostor de mí mismo, y al mismo tiempo complacido porque la frase, auténtica o no, había sonado fantásticamente sensata y natural, escuché a mi madre contestar:

—Ya veremos.

Cerró los ojos y se quedó dormida. Pero yo había dado el primer paso. Le había anunciado mis intenciones. La manzanilla, en la mesilla, se enfrió completamente.

El resto del día lo pasó en la cama con nuestro can a sus pies. Parker es un bóxer grande y fuerte que impone bastante a los extraños, ya lo he dicho, pero que en realidad es un santo varón y se comporta como un perro faldero. Podrían desvalijarnos la casa y él movería el rabo en señal de bienvenida a los cacos.

Llamé a la doctora de cabecera y según ella la indisposición sólo obedecía a la cantidad ingente de antiinflamatorios y analgésicos que habían recetado a mi madre en urgencias, así que corrigió la dosis. En cualquier caso, ese malestar, por fortuna pasajero, me había venido de perlas, y me sentía un poco culpable de regocijarme, pero no lo suficiente como para volver a llamar a Corina y anular nuestro contrato verbal.

Por la tarde, cuando me fui a trabajar, vino Nuria a cuidar de mi madre. Llegó con su aparataje y su barahúnda, hablando por el móvil, dando instrucciones a alguno de sus ex sobre la merienda de los tres niños y las clases de baloncesto o de natación o de lo que fuera a las que debía llevar a uno u otro. En general, mi hermana tiene a sus ex bastante bien compartimentados. Cada uno se ocupa de su vástago y no de el del otro, pero hoy, por la improvisación y la circunstancia excepcional de que mi madre, que tiene la salud de un roble, se viera en cama, los niños quedaban bajo la tutela de un único padre, el que estaba disponible. Ojo, que a mí me parece que tener tres padres para tres niños está lleno de ventajas. Ventajas que a lo mejor no son evidentes si vives en un pueblo o en una ciudad pequeña donde todo el mundo se conoce, pero que para los que vivimos en la gran urbe deshumanizada son obvias.

Mi hermana me hizo llegar tarde a la tienda porque no tenía monedas para el parquímetro. Tuvo que subir, rapiñar mis euros, volver a bajar, volver a subir. Es una mujer mi hermana que a mí me parece que nunca va preparada por la vida, siempre le falta algo, pero que sin embargo se las apaña. En cualquier caso, con su despliegue invasivo de bolsas, abrigos, bufanda, móviles (tiene dos, un iPhone y una BlackBerry, con tarifas y compañías distintas, para ahorrar según ella; es de ese tipo de gente), cargadores, con su inestabilidad, también me daba argumentos para justificar la necesidad imperiosa de ayuda. Me fui y dejé a las dos mujeres en mi casa sin soltar una palabra sobre mi acuerdo con Corina. Cuanto más tarde lo hiciera público, mejor.

Tan tarde y tanto apuré que al día siguiente, por la mañana temprano, cuando sonó el telefonillo y Parker se puso a ladrar como un loco, me sobresalté. Se me había olvidado que Corina empezaba a trabajar. Para no discutir, mejor dar las cosas por hechas. Ése iba a ser mi lema. No veía mayor complicación. Asertividad. Mamá, ésta es Corina. A partir de hoy va a venir todos los días para ayudarte en casa. Corina sabe cocinar, limpiar, bajará a comprar y todo lo que necesites se lo pides a ella. Corina, ésta es mi madre, Marga, y éste es nuestro perro, Parker, no hace nada, parece feroz, pero es muy noble. Ése era todo el discurso. Luego yo le enseñaba someramente la casa y los útiles de su oficio, aspiradora, escoba, la plancha, etc., y santas pascuas. Mi plan era limpio y ordenado. La vida, no.

—¿Quién es a estas horas? —preguntó mi madre. Y el corazón se me puso a cien—. Como sea la tonta de Fátima, mándala a su casa con viento fresco. Me tiene harta Fátima. Ayer le dije a tu hermana que no le abriera la puerta. Está encantada de que me haya caído. Se me planta aquí a cualquier hora. Y, claro, aguántala.

Fátima es nuestra vecina. Tendrá la edad de mi madre. Se conocen desde hace cuarenta años, cuando mis padres se mudaron a este piso. Entonces, Fátima era una mujer joven que vivía con sus padres. Una mujer joven, funcionaria de profesión y un poquito singular que nunca se casó y se dedicó en cuerpo y alma a cuidar de sus progenitores, bastante mayores, por cierto. O yo siempre los recuerdo así, ancianos. Su padre murió hace dos años y ahora ella se ocupa exclusivamente de su madre, que ya no sale nunca de casa. Yo creo que mi madre, para Fátima, es algo así como su ventana al mundo, un álter ego, lo que le gustaría haber sido. No lo sé. El caso es que nuestra vecina habla por los codos y venera a mi madre, por lo que nos honra con su visita cada dos por tres. Cada dos por tres horas. Mi madre no soporta a la gente solícita y a veces, si la detecta tras la mirilla, se esconde en su cuarto y me pide que le diga a Fátima que no está, como le pidió el día anterior a mi hermana.

Yo sabía que no era Fátima y ahora también sabía que mi madre no estaba para visitas. En camisón, cruzaba el pasillo con paso inseguro para llegar hasta el baño.

—¿Te ayudo? —le dije.

—No hace falta —contestó, tal y como yo esperaba.

Corina subía ya en el ascensor. Mi madre estaba, digamos, con la guardia baja. Me sentí un poco traidor y comprendí que los traidores actúan en parte por cobardía. Es más fácil traicionar que dar la cara. Pero yo no quería ser un traidor.

—Mamá, arréglate, que es una persona que tienes que conocer.

—¿A estas horas?

—Sí, a estas horas, mamá, no hay otra. Me paso el día en la tienda.

La mejor defensa es el ataque, dicen. Mentira. El ataque puede irte bien en una primera fase, pero luego hay que mantener el tono airado y la reclamación, lo que te pone en una posición pésima para que el contrincante acepte tus razones.

—Te lo dije ayer.

—¿Qué me dijiste?

—Que había contratado a una mujer para que no estés sola.

—No me habías dicho nada. Y aunque me lo hubieras dicho...

—Mamá, ya está decidido. Te vas a recuperar mucho antes y mucho mejor.

—¿Sí? ¿Qué has contratado? ¿Una curandera? ¿Tiene poderes mágicos?

—No, mamá, pero necesitas ayuda y cuidados; si no, te vas a volver a caer.

—Tú sí que necesitas ayuda.

Yo entiendo que cada uno tiene sus razones. Eso es meridiano. Pero hay otra parte, otra parte que no entiendo. ¿Por qué no es más fácil verlas, ver las razones del otro? Quizá todo sería más fácil, como con los animales, que los miras y los entiendes; aunque no puedan hablar, los conoces. Pero con los seres humanos es distinto, la mitad de cómo son los demás la imaginamos nosotros. Yo me he dado cuenta con el tiempo. Mi madre, por ejemplo, es de una manera para la gente de la calle y de otra para nosotros, para la familia. A ellos les parece próxima, comprensiva, incluso graciosa. Una vez que estaban discutiendo, mi hermana le gritó:

—¿Por qué no me tratas como a los clientes? ¡Quiero que me trates como a un proveedor!

No es un bálsamo Nuria, ya lo he dicho. A ella sí le gusta discutir. Dice que no, pero le gusta, se aplica a ello. Mi madre le dice: «Tú siempre eres del equipo contrario», que significa que siempre le ve pegas a todo lo que propongamos o digamos o hagamos los demás. Sin embargo, en esta ocasión llevaba razón Nuria, porque mi madre, para toda esa gente que viene a la tienda a comprar o a vender, posiblemente posea una identidad muy distinta de la que nos muestra a nosotros. Seguro que te la pueden describir con precisión, que aportarían datos y detalles que apoyan esa descripción y refutan la mía. Sin duda. Y yo no sé cuál es la madre real. Si la que yo veo, esa con la que vivo, o la que ven ellos. A lo mejor no es ninguna de las dos. Por eso disfruto tanto de mi perro, porque, a diferencia de todos los demás, siempre es de una misma manera: transparente.

Corina ya estaba en el recibidor, ahí, delante de mi madre, la de las dos caras, de mi perro Parker, a quien le gustó inmediatamente (y eso que ella lo despreció también inmediatamente, como hace a menudo la gente del campo que está acostumbrada a los animales y no los mitifica), y de mí, el que se cree que sólo es de una manera.

—¿Vamos al salón? —propuse, demostrando que yo estaba a cargo de ese extraño encuentro a esa extraña hora.

—Mamá, ésta es Corina. Corina, ésta es mi madre, Marga.

—Mucho gusto —dijo Corina con su acento, ese acento al que tanto me acostumbraría.

Yo creo que a mi madre no le causó mala impresión, porque durante la entrevista demostró interés y participó estableciendo algunas pautas que a mí se me habían pasado por alto, como que habría un período de prueba de un mes.

Me marché para la tienda descansadísimo y eufórico al saberlas juntas en casa, como si acabara de descubrir una fórmula secreta que me garantizaba el éxito para el resto de mi vida.

TÁCTICA Y ESTRATEGIA

Tan eufórico estaba que saqué el móvil para mandar un wasap a Blanca. Como es natural, no la había puesto al corriente del fracaso de mi propuesta mercantil vía paella. Pero ahora, al fin, sí se habían producido progresos que trasladarle, y me parecía, iluso de mí, que ofrecerle a Blanca una versión de un yo dinámico, optimista, perspicaz, autónomo, un yo nuevo, pero que también era yo, podía remediar todas las cosas que había hecho mal en el pasado y que condujeron a nuestro naufragio. O más bien al mío, porque ella siguió flotando. Sin embargo, cuando me disponía a escribir el mensaje, observé que ella estaba en línea y, sin pensarlo un instante, me salí de la aplicación. Me dio la impresión de que podía verme. Y me dio la impresión de que no quería que ella me viera así, pensando en ella a las nueve menos veinticinco de la mañana de un martes. Es una característica de esa aplicación que no me gusta

73

nada. Yo no quiero ni que la gente sepa lo que hago ni saber lo que hacen ellos, y menos, Blanca. Una cosa es dar tú una sorpresa, otra cosa es que te pillen en falta a ti.

Lo explico. Las cosas con Blanca fueron fáciles al principio. Ni se me pasó por la cabeza gustarle y fue ella la que dio el primer paso, lo he señalado ya. José Carlos y Esther se habían ido a casa de él a echar un polvo y a la salida del restaurante Blanca me pidió, me impuso realmente, que la llevara a su casa.

—No he traído el coche —le contesté—, y tengo que sacar a mi perro.

—No seas melón —me dijo—, pues paseo al perro contigo y luego me llevas en taxi. ¿De qué raza es tu perro? Me gustan a mí mucho los perros.

No entendí muy bien la lógica de aquello. Me dio por pensar que era una mujer paranoica que le echaba un poco de cara y me usaba de guarda jurado para que la escoltara hasta su portal. Pero sacamos a Parker y ella fue muy simpática con él, más que simpática, atenta. Le prestó una atención que no se puede fingir y yo, después de dejarlo de vuelta en casa, me ofrecí a llevarla en mi coche. Y en un semáforo ella me besó. Es lamentable que ocurra tan pocas veces en la vida, pero no hay nada mejor que que te besen por sorpresa. Lo comprobé en la adolescencia, cuando Lourdes, mi primer amor, me besó sin esperarlo. Fue un beso como una emboscada, pero buena, un sobresalto que se me quedó ahí grabado. Replicar ese primer beso que me maravilló no ha sido siempre posible, pero cuando ha ocurrido, lo he atesorado. Y esa mañana, de camino a la papelería, el recuerdo del primer beso de Blanca en el semáforo me volvió a asaltar porque estaba eufórico y quería compartirlo con alguien y cuando alguien te gusta, aunque tú ya le seas indiferente, te empeñas en que sólo puedes contarle las cosas a ella, como si entregaras una ofrenda en su regazo, como si el hilo que una relación amorosa tiende hacia el futuro no estuviera roto del todo. Lo reconociera o no, yo seguía viendo con nitidez adónde conducía ese hilo y fantaseaba con que, como las miguitas a Pulgarcito, mis acciones de hoy pasito a paso me devolvieran al lugar donde se estaba bien, al enamoramiento.

Afortunadamente, mi intempestivo ataque de pudor (o de sensatez) al final evitó que hiciera partícipe a Blanca de los avances en mi estrategia, por otra parte, bastante tímidos en realidad. Guardé mi móvil, abrí mi tienda y encendí mi radio, pero seguía tan animado que decidí que hoy mi amigo imaginario, el locutor de Radio Clásica, tendría que pasar sin mí y sintonicé una emisora comercial de éxitos del pasado que también suelo frecuentar. Necesitaba la felicidad de lo ya vivido.

«Si por costumbre amé, por costumbre olvidé. La fuer-

za de la costumbre es mi guía y mi lumbre...», cantaba Jaime Urrutia, un artista que me gusta y en cuya manera de pensar me veo bastante reflejado.

Me hice mi café, esta vez sin problemas, y estaba atendiendo a un cliente cuando Corina entró en la tienda. No me preocupé al ver a la trabajadora rumana, porque supuse que había bajado a hacer compras para el almuerzo y que sólo pasaba a reportar la evolución de la mañana.

—Un momento —le dije. Y terminé de atender al cliente.

Cuando nos quedamos solos, la miré expectante. ¿Qué tal le estaría yendo con mi madre? Todavía me duraba una buena parte de la euforia y no esperaba más que buenas noticias.

—Vengo aquí.

—Ya lo veo. ¿Cómo vais? —pregunté con sincero interés.

De pronto era agradable tener a alguien con quien compartir lo que ocurría entre las paredes de mi casa, un testigo que hacía más ligera la carga. Qué animado me sentía. Igual esa noche podía quedar con José Carlos. Irnos al cine o algo. O incluso a escuchar un poco de música. En la radio anuncian conciertos buenos casi todos los días. No estaba mal la idea de volver a frecuentar los garitos de bandas en vivo. ¿Estaría José Carlos o andaría de viaje?

—Vengo aquí —insistió—. Ella dice que vengo en este lugar.

—¿No tienes dinero? ¿No has visto el monedero que te he dejado en la cocina con cuarenta euros para la compra? ¿Uno rojo? ¿Grande? Igual lo he metido en el cajón de los desastres.

Me había despistado. Con la tensión y la *tournée* por la casa quizá se me había pasado indicarle dónde guardábamos el dinero del mercado. Me dirigí a la caja para entregarle unos euros. Luego lo reintegraría, me gusta ser claro con las cuestiones monetarias. Se lo tendí y ella negó con la cabeza.

—Dice la señora que yo vengo a tienda a ayudar a ti.

Tardé unos instantes en asociar aquello de «la señora» con mi madre, a la que había dejado en camisón y bata, despeinada, y que tenía poco de señorial.

—¿Qué señora? ¿Mi madre?

Corina asintió.

—¿Mi madre te ha dicho que te vengas a la tienda?

—Dice que casa está limpia y aquí tú solo no puedes.

Me tenía que haber imaginado que toda esa sumisión matutina, toda esa buena actitud frente los cambios, era una mera fachada para ganar tiempo y ahorrarse molestias. Mi madre jamás había pensado aceptar a Corina en casa y, seguramente, jamás lo haría.

Al venirse abajo mi proyecto, sentí una tristeza y una impotencia enormes. Hasta tal punto que no pude contestar a Corina, quien me miraba fijamente esperando instrucciones. Tuve que sentarme. Era como si me hubieran dado un palo en la cabeza, como si un coro de decenas de personas me estuviera gritando memo, que eres un memo. Quizá era pánico lo que yo sentía sentado en esa silla, con Corina enfrente, en el mismo lugar en que me había comprometido a darle trabajo veinticuatro horas antes.

«Si buscas algo en mí excepcional, te voy a desilusionar... No esperes nada nuevo de un hombre de costumbres...», insistía Jaime Urrutia en la radio.

Estábamos de vuelta en la casilla de salida: convivía con una mujer mayor que necesitaba ayuda y que se negaba a aceptarla. Claro que era pánico. Pánico porque en este videojuego había pasado de pantalla, sí, pero no la había pasado yo con mi habilidad o mi perseverancia, sino que había sido el juego mismo, un programador anónimo, distante e indiferente el que me obligaba a jugar a otro ritmo y quizá con otra táctica que, por supuesto, yo desconocía. Además, solventar este entuerto no estaba fácilmente a mi alcance. Principalmente porque en ese momento yo estaba atado a la tienda. Hasta las dos de la tarde no podía echar el cierre y volver a casa a continuar la conversación, más bien la bronca, porque iba a ser difícil hablar de esto con calma. Podía mandar a Corina de vuelta a mi casa y que apencara ella con el malhumor de mi madre, pero me arriesgaba a que mi madre la despidiera definitivamente. Y ésta no era la solución que yo prefería. De manera que le dije:

—Bueno, quédate por aquí. Pasa a la trastienda, que luego hablaré yo con mi madre. Lo siento. ¿Estaba enfadada?

—No. ¿Limpio?

—¿Limpias? Pues... si crees que hace falta...

Pasó detrás del mostrador y vi cómo se quitaba el abrigo y dejaba el bolso en un rincón. De pronto me daba pudor que aquella mujer advirtiera el estado en que tenía la parte de la tienda que nadie ve. En los últimos días, como mi madre no ocupaba su silla en el escritorio que hacía las veces de oficina, había descuidado un poco el orden. Tazas sucias y cucharillas se acumulaban en la pequeña pila esperando algún rato libre (y ganas) para fregarlas. ¡¿Y el baño?! No tenía ni la menor idea de cómo estaba el baño. Sin duda, el inodoro con la tapa levantada, en el modo que sacaba de quicio a mi madre y a mi hermana, y que me tenían prohibido. Tanto que, el día que yo tenga mi casa, lo primero que haré será entrar en el baño y levantar la tapa para dejarla así tanto tiempo como se me antoje. Son muy cargantes con el tema.

—¿Dónde tienes cosas de limpieza?

—Ahí, en el aseo, debajo del lavabo, pero que si no quieres...

—¿No tienes guantes?

No tenía guantes. La que solía ocuparse de repasar el baño era mi madre y yo no era consciente de si usaba guantes de goma o no. Le di dinero y se fue a comprar unos. Una vez que Corina hubo limpiado los escasos metros de la trastienda y dejado las tazas y cucharas relucientes, se volvió a plantar delante de mí.

—¿Ahora?

Milagrosamente, se me ocurrió una ocupación y estuvo poniendo precios al último pedido. En eso se entretuvo el resto de la mañana, que, por suerte, no era mucha. Mientras ella le daba a la etiquetadora, yo me ocupé de despejar la mesa de la oficina en la que perezosamente había amontonado la correspondencia, las facturas, los albaranes y la propaganda durante la última semana.

PEQUEÑO COMERCIO

—...hay que vender mucho para que salgan los números, Vicente. Necesitas una dependienta, y ésta ya está contratada. Tú solo no darás abasto.

—Mamá, no habla muy bien español.

Otras veces había tenido diferencias con mi madre, es lógico, somos personas distintas. Y las diferencias se resolvían. Cedía ella, o cedía yo. La convivencia es así. Por lo general, si era algo acerca de la casa, ella tenía preferencia, porque vivimos en su piso. Y si era algo de la tienda, en cambio, podía pesar más mi criterio, porque creo que mi madre considera que llevo bien el negocio. No han sido estos últimos años tiempos boyantes para el pequeño comercio, pero una papelería de barrio todavía tiene su lugar. Almorzábamos, yo sin ganas, ella en cambio más animada, como si imponer su voluntad le hubiera devuelto la energía perdida.

—Habla suficiente. Y es lista. La gente de los países del Este está muy preparada.

Le salía el ramalazo de antigua simpatizante del PCE.

—¿Cómo lo sabes? ¡Si no ha estado en casa ni media hora! ¿Has hablado con ella?

—No, pero lo sé.

Me tuve que callar. Mi madre no había hablado con Corina sobre su currículum, su vida antes de llegar a España, pero tampoco lo había hecho yo. Sabía lo que decía la octavilla manuscrita, que hablaba inglés y que tenía nociones de informática, algo en lo que no me había parado a pensar mucho, salvo que confería a su anuncio un aire de buena disposición y responsabilidad que me gustaba. Nada más. No lo necesitaba. Uno puede imaginarse ciertas cosas.

Decidí aceptar que Corina pasase de mi casa a la tienda, porque decidí que no iba a ser un obstáculo en la ruta vital que yo me había trazado. Aprendí a organizarme con ella. Yo abría la tienda y ella se quedaba sola atendiendo al público la primera mitad de la mañana, que es la más lenta, mientras yo volvía a casa para ayudar a mi madre si era necesario y si ella se dejaba. Se fue dejando. Parker nos seguía por toda la casa desconcertado, lógicamente, por todo este ir y venir a las horas que él antes pasaba completamente solo en el sofá enlazando siestas. Hasta hace pocos años venía con nosotros a la tienda, pero un día entró una clienta muy cabreada. Cuando dejó de gritarme, pude dilucidar que tenía una hija asmática y que los cuadernos que había comprado para ella estaban impregnados del epitelio de Parker. Eso dijo, el epitelio. La niña era alérgica. Hacer los deberes se había convertido en una pesadilla hasta que dieron con la fuente de alérgenos. Me tocó devolverle el dinero y tuve que contratar a un propio que ella misma me recomendó y que hizo la limpieza a fondo de todo el inventario con una mascarilla y un aspirador industrial de alucinante diseño, entre ciencia ficción y retro. Era eso, o arriesgarme a una denuncia por insalubridad. El tipo parecía un cazafantasmas, la verdad, y un par de niños que entraron a comprar mientras él operaba con su artefacto lo encontraron mondante. Era mondante. Luego me tomé un café con él y me contó la cantidad de gente alérgica que existe y cómo con algunos ha desarrollado una suerte de vínculo, dadas sus frecuentes visitas a sus hogares o centros de trabajo. La piel nos recubre, decía, pero hay personas a quienes no las separa suficientemente del mundo.

Llegó el viernes y José Carlos estaba aburrido, porque su chica atravesaba un bache en su matrimonio. Yo, que claramente no tengo la menor idea de matrimonios, pensé que eso debería haber animado a José Carlos, pues podía anticipar una ruptura definitiva entre Esther y su marido, pero José Carlos me aclaró que no, que era todo lo contrario. Que, en cuanto Esther notaba mustio a su cónyuge, interrumpía sus encuentros. Quedarnos en su casa viendo el Canal Plus y bebiendo cervezas me parecía el antiplán, e hice una ronda de llamadas a nuestros colegas, con los que organicé una salida de grupo.

Estas salidas de grupo cada vez son más complicadas. Nuestros colegas están emparejados, nosotros dos somos los únicos solteros, y casar —nunca mejor dicho— las posibilidades de diversión de unos con las de otros no es fácil. Los que tienen hijos no siempre tienen con quién empaquetarlos. Y luego están sus otras vidas sociales, las que han traído a su vida sus cónyuges: compromisos familiares, otras pandillas, compañeros del trabajo, etc. Esto es lo que a veces me hace pensar que la vida en una ciudad pequeña, incluso en un pueblo, sería mucho mejor, menos solitaria. Mi madre a esto me contesta que eso lo digo porque jamás he vivido en un pueblo. Ella, que nació en Huesca, dice que no volvería a Huesca ni atada. Lo que a mí me gusta de Huesca —que en cuanto das tres pasos de más te sales del perímetro, como un actor despistado que se saliera del decorado; que te cruzas a la gente sin necesidad de acordar citas; que hay muchos bares donde siempre hay una cara amiga; que en las tiendas te conocen y te saludan—, todo eso ella lo encuentra opresivo. No hay escapatoria, dice, todos ven y todos hablan. A mi madre le encanta la gran ciudad. Y cuanto más grande, mejor. De Nueva York para arriba. A mi madre no le hables de la naturaleza. La naturaleza es incómoda, hace frío o hace calor. Hay animales pestilentes, se trabaja como un burro y se mancha uno. Ésa es su visión del tema. Las ciudades se inventaron para ser libres y para perderse, dice, para no ser siervos de la gleba. Yo pienso que es algo generacional. Que, de la misma manera que ella no cree en el reciclaje porque desconfía de la autoridad, porque desconfía de que estos de los ayuntamientos hagan con nuestra basura lo que prometen, no cree más que en la civilización y el individuo.

—La gente en los pueblos se vuelve mezquina —asegura—. Mira la de fusilados que hay en las zanjas.

El caso es que ese viernes lo estábamos pasando bien. Yo quería que las cosas cambiasen y una de las cosas que tenía que cambiar era mi vida social. Debía enriquecerla. Ampliarla. Profundizar en ella. Debía vivir con más ligereza. ¿No opinaban mis amigos que necesitaba echarme novia, porque sólo con una relación de pareja arranca de verdad la vida?

—Te obligará a dar pasos —aseguraba Susana, una de la pandilla—. Te querrás casar, tendrás que buscar un piso, pagarlo, tener hijos, elegir un colegio, ir de veraneo, madurar, Vicente, madurar...

En definitiva, una mujer me obligaría más que ninguna otra circunstancia a poner mi alma en juego. Cenábamos en una taberna que está bastante bien de precio y donde nos conocen y siempre tienen algún detalle, y esta misma Susana había invitado a una mujer con intención de presentárnosla a José Carlos y a mí. Una prima, una vecina o cuñada. No terminé de enterarme. José Carlos me había dejado el campo libre porque él, lógicamente, no tiene ningún interés en conocer mujeres, ya tiene a su Esther, que le vuelve loco. Esto los demás ni lo sospechan. La chica no era nada fea, pero era tímida. Yo tengo ciertas dificultades con las tímidas. No las descifro. No sé si necesitan ayuda y compañía o lo que ocurre es que les estás pareciendo un gilipollas porque son inteligentísimas. Parecer un gilipollas ya es bastante grave en sí, pero parecer un pesado, eso sí que es irremontable, así que no sé cómo modular mi charla: si rellenar sus silencios con mis peroratas, o callarme como ella. La gente callada siempre se arriesga menos, pero si todos estuviésemos callados, la vida sería un cementerio, creo yo, y para evitarlo le hablaba de mi trabajo a falta de otro tema. Le decía yo a Rosa, que así se llama esta chica:

—Cuando cambio el escaparate, ¿sabes? Pienso cantidad en qué concepto quiero transmitir para que la gente entre. Y sé que tienen que ser conceptos positivos, promesas, posibilidades de mejora en la vida, como si quisiera decirles que las cosas pueden ser más bonitas... ¿Entiendes?...

Ya habíamos cenado, habíamos bebido todos un poco de más y de pronto se hizo un silencio en la mesa, me quedé solo hablando.

—...porque vivimos un tiempo que unos dicen que si es caótico, otros que si es el fin de una era, que si no hay valores... Y contribuir al orden, al progreso, a producir ideas nuevas, yo qué sé, a mí me alegra...

Hablaba y era consciente de que Rosa me escuchaba con interés y una pizca de asombro, incluso admiración. No suelo ser tan locuaz, no me va, pero esta noche era distinto, como si las cosas empezasen a ir como yo quería, a transformarse, a tener alma. Aunque me debatía entre la timidez por este súbito exceso de protagonismo y la satisfacción de ser escuchado por una chica atractiva y de que mis colegas fueran testigos de mi triunfo, venció el placer y seguí hablando.

—...y eso es lo que valoro de un negocio como una papelería, que vendemos herramientas creativas... Somos constructivos... Que no de la construcción.

Concluí con esa broma para quitar hierro y también un poco envalentonado por la audiencia. Durante unos segundos nadie contestó, hasta que Rosa dijo muy bajito:

—Qué bonito.

Mi cabeza iba a mil por hora, tenía que encontrar una manera de seguir con mi charla en ese brillante nivel superior del juego al que había accedido. Pero no me dio tiempo a abrir la boca cuando un mentecato, el marido de otra amiga, Caridad, comentó:

—No sabíamos que eras poeta.

—¡Es verdad! Podrías dedicarte a la publicidad —saltó Susana, con ojos achispados—. ¿Nunca lo has pensado? ¿Verdad, Rosa, que sí, que Vicente tiene talento? —insistió.

Quizá Susana intuía las malas intenciones de aquel gilipuertas y por todos los medios quería evitar mi caída ante Rosa, con la que tantas esperanzas tenía de «colocarme». Pero a mí su protección me incomodó un poco. No me agrada parecer lo que no soy. Sólo trae complicaciones.

—Pues no, nunca lo he pensado.

Esto que contesté es cierto. Nunca he pensado ser otra cosa que lo que soy. Aunque el lenguaje y las palabras me gusten porque me gusta desmenuzarlas, y eso es lo que hace un poeta, picadillo las palabras, jamás se me había pasado por la cabeza escribir.

—Yo ya estoy muy bien con mi papelería. —Intenté cambiar el tema, porque tanta atención me empezaba a escamar—. ¿Habéis ido al cine últimamente?

Pero no hubo ocasión de pasar a la cartelera, porque al cretino aquel le dio por contradecirme.

—Pero los objetos son neutros.

—¿Cómo? —preguntó para mi desgracia Rosa.

Y el tonto del haba aquel le contestó:

—El arquitecto de Hitler, por ejemplo, seguro que usaba escuadra y cartabón como los que vende éste en su papelería y eso no le hacía mejor cuando diseñaba los barracones de los campos de exterminio.

—Claro, Vicente —respondió Rosa, que me pareció epatada por este imbécil que se llama Ramón y que, como no se le ha empezado a clarear la coronilla ni tiene barriga, se siente la hostia.

Entre que Rosa ya no me miraba y que la idea de Ramón, que mira que es facilona, me había cortado todo el rollo y a duras penas podía controlar mi cabreo, hice un gesto a José Carlos y en cuanto hubo ocasión pedimos la cuenta y nos largamos.

—¿No os tomáis una copa? —preguntó el cretino.

—No, que mañana éste madruga para vender escuadras y cartabones a los radicales islamistas —le espetó José Carlos.

Yo no quería que se notara que este merluzo de

Ramón me había ofendido y le dije a José Carlos de camino a casa que ese último comentario se lo podía haber ahorrado. José Carlos no me hizo puñetero caso y me preguntó qué tal la chica. Yo le dije que bien, pero que no tengo más ganas de líos.

—¿Cómo que más ganas de líos? ¿Qué líos tienes tú?

—Ya lo sabes.

—¿Lo de Blanca? Pues precisamente por lo de Blanca deberías empezar a salir con otra tía.

—Me da bastante pereza —le dije, en parte porque así es como me sentía: los viernes suelo estar reventado; y éste, más.

—«Me da bastante pereza» —se burló de mí—. ¿No te gusta follar?

—Sí, pero lo que no me gusta es todo lo que hay que hacer antes.

—¿Y qué hay que hacer?

—Conocerse. Mira, José Carlos, tío, déjalo, que tú de esto no tienes ni idea. Tú estás con Esther desde hace la torta de tiempo y ya no te acuerdas de lo que es la jungla de los solteros.

—El que no se acuerda eres tú. Ha llovido desde lo de Blanca, ¿eh?

—Hace tiempo, sí.

No tenía ganas de discutir. Seguía pensando en el estúpido ese de la cena, el que puso el ejemplo del arquitecto de Hitler. Sabía perfectamente por qué me había sacado de mis casillas. Porque, de algún modo, tenía razón. Yo quería ir de bueno, o más que de bueno, que es una cosa bastante poco masculina, de bondadoso, pero ¿lo era realmente? ¿Tenía mi alma esas cualidades morales de las que presumía? ¡Cómo iba a saberlo, si no sabía ni si tenía alma! Y peor todavía si cualquier hortera en una cena intrascendente podía desenmascararme con un ejemplo demagógico. Yo cambiaba el escaparate de la tienda cada tres semanas porque había que hacerlo. Nada más. Porque tocaba. Si quería vestirlo de otra cosa, quizá colara ante una desconocida como Rosa, pero no colaba ante mí mismo. ¿Creía o no creía en las cosas que afirmaba? ¿Podía seguir creyendo en mis propias ideas, las que me habían sostenido desde que nací hasta ahora? Para empezar, ¿eran esas ideas mías? Me metí en la cama y, gracias a lo que habíamos bebido, me evité resolver estas incógnitas.

TÚ, TONTO

—No toques esto, Corina, que lo he dejado aquí para que no se me olvide hacer el pedido luego. Nos quedan pocos portaminas, poco papel de regalo, poco pegamento en barra...

Ella me cortó muy tajante, a la defensiva, sin dejarme terminar.

—Yo no toco. Yo dejo todo como encuentro.

Corina tenía buena voluntad, era dispuesta y curranta, pero tenía un defecto, o yo lo veo como un defecto: era, bueno, es muy terca, negaba sistemáticamente cualquier error y a mí eso me crispaba mucho. Una mañana, a los tres o cuatro días de estar trabajando conmigo, entré en el almacén y casi me infarto. Lo había cambiado todo de sitio. Me dijo que para limpiar a fondo, pero yo creo que cualquier persona que se ponga a limpiar algo que no es suyo lo vuelve a dejar como estaba, no se mete a enmendar la plana. Como su español, además, es bastante deficiente, cosa que yo no concibo porque a lo tonto lleva casi cuatro años en España, no tiene muy claro lo que contiene cada caja ni mucho menos lo que significan los nombres de los artículos. Tampoco reconoce las marcas, no le suenan de nada Galgo o Miquelrius o Milan o Pelikan o Edding o Parker, que se cree que es el nombre de mi perro y punto. Nada estaba en su lugar. Nada estaba donde yo pudiera encontrarlo de manera rápida. En una especie de Tetris, Corina había organizado las cajas y paquetes según volúmenes, colores y otros criterios vagos e insondables que para descifrarlos se hubiera requerido de un ejército de psicólogos y antropólogos experimentados. La hubiera estrangulado. Y tener estos sentimientos contra una inmigrante que anuncia a los cuatro vientos su precariedad económica en octavillas escritas a mano no era algo de lo que me sintiera orgulloso. El viernes, el bobo aquel había puesto el dedo en la llaga. Yo presumía de buenos sentimientos, pero era pura apariencia.

Sin embargo, a pesar de esos encontronazos, de estas pequeñas mentiras suyas que, aunque yo no lo manifestara, me sacaban internamente de mis casillas (sólo éramos dos en la tienda, y si ella no había metido los clips en el cajón de las grapas, ya me contarás quién lo había hecho), una mañana empecé a verla de otro modo. Cuando llegué a la tienda y me acerqué a la placa eléctrica a poner la cafetera, ella me la quitó de las manos.

—Deja, yo hago —me dijo.

Ni que decir tiene que esto me tensó inmediatamente. Ya he explicado mis manías con el café. Pero pensé que a una persona racional no pueden dispararsele los nervios por tan poca cosa, que a una persona racional, sensata, madura, que emprende una nueva vida, que tiene una empleada, estas cosas deben resbalarle y debe ser generosa y relajada. Pensé en la palabra «compartir», que ahora se usa mucho, y dije débilmente:

—No te molestes, no hace falta, ya la pongo yo.

Por las mismas razones por las que ella se ofrecía, después de varias semanas en el puesto, a hacer un café, yo me ofrecía a que no lo hiciera: aunque inicialmente fuera contratada como asistenta, ahora no lo era, era una dependienta, y hay una diferencia social considerable entre un oficio y otro. Esta diferencia me había producido algunas dudas morales sobre si fregar la tienda y limpiar con Cristasol el escaparate y los mostradores entraba o no en sus competencias laborales. Pero, quizá porque no me gusta limpiar y nunca lo he hecho (se ocupaba mi madre), pronto pasaba página sobre estos dilemas éticos. No rechistaba, lo reconozco y me avergüenzo, cuando ella se ponía manos a la obra. Me parecía que lo hacía motu proprio y sentía que esto me eximía de responsabilidades. En mi descargo me decía que, dado que Corina, en cierto modo, sustituía a mi madre, también podía asumir algunos de sus deberes sin demérito, pero jamás el de hacer el café y, ante todo, jamás solicitándolo yo. Bueno, es un tema ambiguo que nunca manejé bien y que tendría posteriormente sus derivaciones.

Las tazas, la cafetera y tal las fregaba yo, que conste. Fregar no me molesta.

—Yo hago.

—Que no, de verdad —insistí.

—Venga, tú, tonto.

«Tú, tonto.» Lo dijo con una sonrisa y me apartó con un suave golpe de cadera. Si hay algo que me priva son las caderas de las mujeres. A veces, entre unos cojines mulliditos, sobresalen unos huesos puntiagudos que se pegan a tu pelvis y que puedes palpar, o, mejor, abarcar, con las dos manos. Evidentemente, son mejores las caderas de la mujer que quieres que las de una desconocida, pero, quizá porque según Blanca tengo el cuerpo rígido como un armario debido a que no muevo suficientemente el chacra, percibir el movimiento suave de la cadera de cualquier mujer, qué quieres que te diga, me turba. Se me pasan todos los males, se desvanecen las preocupaciones, se abre un mundo de belleza y posibilidades, y me entra alegría de vivir, algo que no abunda.

En ese momento sonaron las campanitas del ahuyentaespíritus que mi madre había hecho colgar a mi padre tantos años atrás para enterarse de cuándo entraba un cliente. Salí a atender un poco alterado por esa centrifugadora que de pronto irradiaba por todo mi cuerpo emociones y desvaríos múltiples, contaminando principalmente mi cerebelo, que ya me pedía lanzarme a la toma de su cintura, brazos, pechos, labios y resto de su anatomía. La dejé hacer sola en la trastienda con los artilugios del café mientras no atendía y me serenaba.

Los clientes eran unos adolescentes. Vienen muchos a la tienda, claro, es parte de mi clientela, y los observo y creo que los conozco. Son duros los adolescentes, se hacen daño continuamente. Porque son crueles y porque son frágiles. Todo lo están haciendo por primera vez en cuerpos que les quedan demasiado grandes o demasiado pequeños, según cada cual, para lo que paralelamente está ocurriendo en sus cabezas. No soporto a la gente que se hace daño mutuamente, que se lastima a la ligera; ergo, en ocasiones, me cuesta atenderlos con su brusquedad, sus desprecios, sus motes y sus insultos recíprocos. Intentaba concentrarme en atender a estos chicos, que guardan siempre alguna amenaza (hay que estar con cien ojos, porque en ocasiones intentan mangar algo o hacerte alguna picia), pero no podía parar de pensar en ella y me vino a la cabeza lo que me había dicho el viernes José Carlos en el ascensor antes de subirse para su casa:

—Conocerse es lo mejor. A una mujer nunca terminas de conocerla.

El modo en que afirma José Carlos eso de que a una mujer no terminas de conocerla nunca es muy distinto del modo en que lo afirmaría yo. Él lo hace desde el optimismo: para él es bueno que el proceso de conocimiento de alguien sea interminable. Eso es lo que asegura el amor duradero, según él. Yo no estoy nada pero nada de acuerdo. Yo creo que no terminar de conocer nunca a una persona es una desgracia con la que hay que apencar, pero una desgracia. Aunque al principio sea bonito porque exploras territorios a los que por ti mismo nunca te hubieras asomado —películas, restaurantes, ciudades, marcas de champú, maneras de organizar los cacharros en el armario de la cocina...—, llega un momento en que yo estoy deseando que pase esa primera fase para apalancarme en la de la estabilidad del cuerpo conocido y las costumbres esperables. No me agradan los sobresaltos.

El olor del café que preparó Corina era perfecto. La temperatura de la leche también. Y, más difícil todavía, las proporciones de leche y café, idóneas. Y mira que es peliagudo eso. Cuando salieron los adolescentes me trajo la taza acompañada de un plato con un trozo de pastel.

—¿Y esto? —pregunté.

—Esto es por ti. Hoy es mi cumpleaños.

La tarta era casera. Muy historiada, tenía varios pisos de bizcocho y crema de chocolate entre ellos, además de una cobertura blanca igualmente empalagosa. Yo no soy tan goloso. El azúcar en exceso sé que es un veneno, pero aun así me relamí, por no defraudarla. Ya estaba claro que quería causar alguna impresión en ella. Y ella en mí.

—Felicidades, que cumplas muchos.

Hizo un gesto y sonrió con crema en la comisura, ella también comía tarta.

—¿Te gusta?

—Sí, mucho, me encanta. Está riquísima —dije con entusiasmo, aunque, ya digo, era falso: la tarta era demasiado dulce para mí.

A tenor de la dimensión del pedazo que me había servido, el bizcocho entero debía de ser monumental. Me pregunté quién la habría hecho, si ella misma, y dónde estaría ese horno en el que la había cocido.

—Es casera, ¿no?

—Claro, en Rumania todo hacemos casero.

—¿Y cómo no me has avisado? Te hubiera dado el día libre.

—Bah. Trabajo es trabajo. Da igual si es cumpleaños.

—No da igual.

—Sí, mejor no cumpleaños. Yo ya estoy vieja.

Esto lo dijo con una sonrisa muy característica y mirándome de reojo.

—¡¿Vieja?! ¡¿Qué dices, mujer?!

Nunca habíamos hablado tanto, y menos en ese tono de francachela. Como he dicho, más bien se habían producido situaciones en las que yo intentaba ocultar mi tensión ante su extremada cabezonería. Sin embargo, todos los hombres del mundo saben que, cuando una mujer se aplica a sí misma el epíteto «vieja», a continuación, pero inmediatamente, hay que mostrar extrañeza y negarlo con energía. Como he compartido toda mi vida con dos mujeres, mi madre y mi hermana, lo sé por experiencia. No hay excepciones a esta regla.

—Tú sabes mi edad —aseguró.

—No, no tengo ni idea.

—Sí, has visto mi edad cuando papeles para contrato en el pasaporte.

—Pero no me fijé.

—¿Seguro?

—¡Segurísimo!

—Hoy tengo treinta y siete años.

—Anda, qué casualidad. Mi edad.

—¿Tú también tienes hoy cumpleaños? —Ahora me miraba ella con cara de asombro, sincero, estoy seguro.

—No, no, no. Que ésa es la edad que tengo yo, que nacimos el mismo año. Qué casualidad.

No dijo nada. Me pareció que yo había dicho algo inadecuado. Intenté arreglarlo.

—Pero tú, claro, pareces mucho más joven.

—¿De verdad tú crees?

—Completamente. Te lo dirá todo el mundo.

No creo que se lo dijera nadie, porque aparentaba la edad que tenía, o que tiene, ni un año más ni uno menos, pero desde luego yo sé lo que se espera de mí y sobre este punto hubiera mentido lo que hubiera hecho falta. Da igual que la mujer sea rumana, peruana o indonesia, todas las mujeres quieren lo mismo: no envejecer y estar delgadas. Sólo he conocido una a la que la edad no le importara y explorara con deleite en el espejo sus arrugas nuevas y las manchas en su piel: Blanca. Pero Blanca, ay, pertenece a otra especie. Entró una clienta con dos niños y luego otra. Era el final de la mañana y suele ser una hora de bastante venta, con lo que nuestro coloquio terminó.

Más tarde, estábamos ya cerrando y se me ocurrió:

—¿Y tú qué haces ahora?

—Yo voy a otro trabajo.

—¿Y dónde comes?

—En parque si hay buen tiempo. O en metro si hay frío o lluvia. Llevo aquí.

Y señaló una bolsa de loneta que siempre la acompañaba y en la que yo no había reparado antes.

—En el día de tu cumpleaños no puedes comer en el metro.

—No. Hoy parque.

—No. Hoy te invito yo a comer.

—No, no, no, no —dijo Corina. Pero se reía. Se reía y los ojos verdes rasgados se le achinaban y los pómulos se hacían más prominentes.

—Es lo menos que puedo hacer.

ESCALERA SIN USO

—

Llamé a mi madre y le dije que me había venido a buscar a la tienda José Carlos y que comería con él. Es raro que yo coma por ahí un día de diario. Vamos, que se podrán contar con los dedos de la mano las veces que lo he hecho en los últimos años, pero coló. Mi madre no preguntó nada. Tenía lentejas hechas y sólo se trataba de calentarlas. A mi madre le encantan las legumbres. Es lo único que se esmera en cocinar. Yo podría haberle dicho la verdad: «Es el cumpleaños de Corina y la quiero invitar a comer.» O directamente haber invitado a Corina a comer lentejas con nosotros en casa. Eran dos opciones válidas. Pero no lo hice. La mentira me salió natural, como natural me parecía comer con Corina.

Saqué el coche del garaje y tiramos para el barrio donde tenía su trabajo por las tardes. Al pasar por Princesa me acordé de un italiano al que había ido varias veces con Blanca y allá nos fuimos. Me di cuenta de que Corina no solía frecuentar restaurantes y también de que los restaurantes le parecían un despilfarro digno de tontos como los españoles, pero pedimos unas pizzas y nos bebimos una botella de lambrusco. Lo mejor de la comida fue que hablamos muchísimo. Ella habló muchísimo. Y que nos divertimos sin esfuerzo. Me contó lo que le parecía España, un país de derrochones y quejicas. Repasamos a los clientes habituales de la papelería, le expliqué los motes que mi madre y yo les teníamos puestos: el Buscaminas, el Oledor de Gomas, la Todolotoco, Monsieur Tonner, el Carantigua, la Pelofinín, Léntula y Don Parsimonio, un matrimonio mayor que como entren te han fastidiado la tarde... Lo cual, con su tosco conocimiento del español, me llevó un buen rato porque muchos chistes no los pillaba. Pero cuando al fin los entendía, se reía a carcajadas mostrándome sus dientes bastante blancos y regulares, con los paletos superiores un pelín adelantados, lo que me hacía sentir el tío más ingenioso del mundo.

Con tanta guasa y tanto lambrusco, se le hizo tarde e insistí en acercarla en coche. El trabajo estaba realmente a tomar por saco. Era en una urbanización a las afueras donde cuidaba de un matrimonio mayor que, por lo que contaba, era, más que mayor, decrépito: dos momias bienestantes.

Pero a ella no le importaba, pagaban bien y era un trabajo cómodo, porque dos momias pueden exigir poco y no manchan casi nada la casa. Cuando se bajaba del coche y empezó a darme las gracias, no la dejé terminar, porque volví a sentir aquella misma centrifugadora de la mañana, esa que esparcía mis emociones por doquier, bueno, específicamente por mi cuerpo y por mi alma, porque sí, sentía que el contacto con Corina agitaba mi alma hasta muy dentro. Así que obedecí al mandato de mi especie: retuve su mano, acerqué mi rostro al suyo, ella a su vez se acercó y la besé.

Qué bonito es besar. Dicen que es un acto que inventaron las madres del cuaternario (quien dice cuaternario dice paleolítico, no es mi especialidad) para dar de comer a sus criaturas después de masticarles los alimentos y que de ahí viene ese gesto de boca con boca que nos produce tanto placer y esa sensación de afecto. Qué bonito es. Se tiende a olvidar de una vez para otra, pero qué maravilla. Como mariposas que no se dejan atrapar, pero ay cuando atrapas una. Ella no sólo aceptó el beso, colaboró. Luego no nos dijimos nada. No se me ocurrió nada que decir, el corazón me latía demasiado fuerte. Sólo nos sonreímos como los cómplices de una travesura que ha salido bien y de la que no se arrepienten. Y, además, me había excitado, no estaba para salir y hacer un papelón.

No el primer día. Ella abrió la puerta y se bajó de mi vehículo.

La poderosa onda expansiva de este beso me hizo pasar la tarde nerviosísimo, con un grado de agitación que si me hubiera tomado la tensión seguro que la hubiera encontrado disparada. Deseaba que entrara gente en la tienda, no por hacer caja y ganarme lo que había gastado en el italiano, sino para que el tiempo pasara más rápido. En parte estaba sobrexcitado por el vino que nos habíamos atizado, pero en parte, naturalmente, por el beso. Ya he dejado claro todo lo que pienso de los besos. La besé porque me parecía lo lógico, dado lo bien que lo habíamos pasado. Y la besé porque otra vez se reía y los ojos verdes se hacían pequeños empujados hacia arriba por sus pómulos afilados. No sabía nada de su situación, si estaba casada, o si tenía novio aquí o en su tierra. Nunca habíamos hablado de eso, porque, hasta el momento del café y la tarta, no habíamos intercambiado muchas frases, salvo las estrictamente profesionales sobre las grapas, los clips, los cuadernos pautados y los cartabones. Yo estaba a lo mío y ella a lo suyo. Una mañana son sólo cinco horas y pasan rápido. Pero yo estaba seguro de que era una mujer libre porque sólo una mujer libre se ríe tanto comiendo pizza y sonríe de esa manera después de besarte.

No podía concentrarme en nada, mi cabeza iba a mil. Y de pronto se me ocurrió: el cambio que necesitaba en mi vida, el despegue, no empezaría por cambiar las escrituras de la tienda y ponerla a mi nombre, sino que empezaría por lo sentimental. ¿Cómo no me había dado cuenta antes? ¿O es que yo quería ser uno de esos edificios oficiales antiguos, magníficos, pero que ya no utiliza nadie porque su actividad hace tiempo fue trasladada a lugares más funcionales? No. Yo me negaba a ser un estupendo edificio con todos los aposentos lustrosos y preparados pero vacíos. Yo quería que por mi escalera imperial, por esa escalera de mármol con su barandilla de caoba, circulara más gente que unas limpiadoras aburridas con su mopa y unos tipos de mantenimiento con sus monos azules. Yo quería trajín de gente entrando y saliendo, aunque eso hiciera mella en los peldaños y rayajos en la caoba. Por supuesto, no creo que haya una sola manera de vivir la vida, pero ahora pensaba que yo no quería ser un monumento muy bien conservado pero desierto, yo quería ser vivido, y creo que, en resumidas cuentas, por eso besé a Corina.

¿Era consciente de lo que estaba haciendo? Poco. Aunque nada fuera premeditado, una vez que la hube invitado a comer y la besé me pareció que las piezas encajaban de modo inevitable. Me parecía que conocerla en el trabajo era un modo saludable de descubrir a la mujer de tu vida. Mira a José Carlos y Esther. Mi hermana Nuria, por el contrario, siempre encuentra a sus parejas de madrugada en bares o en discotecas. Ése es un mal arranque. No es mi estilo. A las mujeres con las que he salido las he conocido sobrio, normal. Mi debilidad, o la debilidad de mis relaciones, no está en la selección, en el arranque, sino que viene luego, en el desarrollo, como se verá. José Carlos dice que es porque no estoy preparado para la jungla de los solteros, una expresión que me repatea, como si las relaciones entre hombres y mujeres fueran un campo de batalla. Y aunque tras alguna ruptura pueda haberlo pensado yo también, no me da la gana darle la razón. Pronuncio «alguna ruptura» como si yo hubiera tenido tantas. Yo no he tenido muchas rupturas. Digamos más bien que las relaciones que yo he tenido se acaban por inanición. Se deshilachan. No se rompen con una discusión, con una infidelidad, una sentencia de divorcio, una mudanza o cualquier otro hito que pueda ser marcado en un calendario y recordado. No. Lo mío es más desordenado. Ahora que ha pasado el tiempo, de algunas relaciones pienso si de verdad las tuve.

Cerré la tienda quince minutos antes. Esto no es buena idea, porque a menudo es en ese último rato del día cuando más clientes entran. Pero no lo soportaba más. Quería continuar con la táctica de lo inesperado que tan bien me estaba resultando. Un beso inesperado seguido de una recogida inesperada.

Logré por los pelos estar en la puerta del chalet a la hora en que ella me había dicho que terminaba. Tuve que apurar varios semáforos y conducir con todos los sentidos alerta, haciendo escaramuzas entre los conductores amodorrados que regresaban a sus barrios dormitorio de las afueras. Pero no me costaba estar alerta. El efecto del vino había dado paso a una especie de aguda percepción de los sonidos y los colores que me hacía un gran conductor, y distinguía las calles, los edificios, los monumentos (las mismas calles, los mismos edificios y los mismos monumentos de la ciudad donde llevo viviendo desde que nací) de un modo nuevo que me encantaba. Es lo que tiene un beso. Es lo que tiene el deseo cuando estás a punto de alcanzarlo. Todo positivo, nada negativo. La vida parece deliciosa.

Entre la verja de la urbanización donde estaba el chalet y la parada del autobús que debía tomar Corina, había una caminata. Si yo había llegado algún minuto tarde, puede que ella estuviera ya en la parada. Si ella, por ser su cumpleaños, hoy había logrado el permiso para salir antes, se me habría escapado. Llevaba cinco minutos aparcado, cinco minutos que se me estaban haciendo eternos y que estaban anulando por completo el gozoso efecto tecnicolor y ultrasurround este que contaba. ¿Y si me había equivocado? ¿Era pronto o era tarde? Podía llamarla al móvil, pero eso chafaría la sorpresa. Y había otro inconveniente, éste más serio. Si yo la llamaba, cabía la posibilidad de que rechazara mi oferta de transportarla y me dijera algo así como «lo de antes no puede volver a repetirse», eso, pero con su acento y su particular sintaxis. Vamos, que me cerrara las puertas. Era más difícil, me parecía a mí, que me rechazara en persona. Porque ese deseo que me movía a mí en esos momentos con toda seguridad la invadiría también a ella. Con toda seguridad es mucho decir. Yo confiaba en que me correspondiera como había respondido al beso: con naturalidad. Llamarla al móvil y decir: «Hola, soy Vicente», tampoco era fácil para mí porque siempre tengo la idea de que lo siguiente que voy a escuchar es: «¿Quién?» Mis padres me pusieron un nombre con el que nunca estuve conforme, un nombre que requiere una disposición mental y de ánimo un poco más exigente que otros. En mi colegio no había ni un solo Vicente, salvo yo mismo. Sólo muy recientemente he empezado a conocer a otros Vicentes, y ser el único no es una buena sensación. Mi nombre, en la infancia y sobre todo en la adolescencia, se me hacía desagradable, me avergonzaba. Ésa es la realidad: es un nombre que me avergonzaba. Pensé en cambiármelo, pero no se me ocurría ninguna alternativa. Todo esto hace que para mí sea complicado, al principio de una relación, pronunciar mi nombre ante la mujer que cortejo. Al no ser mi nombre el que yo reconozco como propio, ¿por qué habría de retenerlo ella? Soy una persona sin nombre para mí mismo, y esto, esperando a Corina en la calle de aquella urbanización, era un hándicap más. Por fin la vi. Bajaba de prisa por la cuesta. En contra de lo previsto, no había salido antes del trabajo, había salido más tarde. El autobús se aproximaba y salté del coche para evitar que subiera a bordo. La llamé:

—¡¡¡Corina!!! ¡¡¡Corina!!!

Tardó un poco en volverse, no se daba por aludida porque no esperaba ser reconocida allí, en ese entorno, pero cuando lo hizo y me vio, sonrió, lo cual me llenó de confianza y de alegría.

—Tú has venido aquí —me dijo, y se subió al coche muy de prisa.

—Sí, claro que he venido. —Me moría de ganas de besarla, pero como ella no tomaba la iniciativa y estábamos en las proximidades de su lugar de trabajo, en su territorio, me abstuve—. Quiero invitarte a cenar.

Se me ocurrió sobre la marcha. Yo sólo había previsto recogerla y llevarla a su casa, por aquello de que era su cumpleaños y para que tuviese un día redondo que no acabara con su consuetudinario y largo periplo por transporte público, pero cenar juntos después de haber comido juntos y del beso de pronto me pareció naturalísimo.

—No sé —contestó ella.

Abandonábamos el recinto de la rancia urbanización y quedaban atrás los guardas jurados de la garita de control. Aquella colonia no me parecía el lugar más propicio para un avance amoroso, tenía algo que nos hacía a ambos personas no gratas. No es que lo dijera en ningún sitio, pero la exclusiva zona residencial nos equiparaba en cuanto que forasteros: ella, porque era una inmigrante limpiadora; yo, porque no pertenecía a aquello, era un tendero. No me considero un tendero, pero sé que alguna gente puede definirme así, gente como los dueños de esos chalets, es a lo que me refiero. Y, sin embargo, estar igualados socialmente frente a esa tropa hostil me gustó. Ratificaba que mis ideas eran buenas: ella y yo teníamos mucho en común, ella y yo podíamos tener un sentido juntos. De momento, esa noche lo teníamos y se lo dije:

—Creo que debemos cenar juntos. Así el cumpleaños será completo. ¿O tú tenías otros planes con tu familia? ¿Tienes familia? Quiero decir, aquí en España.

—Mi familia es en Alcalá de Henares, yo vivo en Coslada.

—Pues cenamos y luego te llevo a Coslada.

—No sé —volvió a insistir ella, pero noté una duda más que razonable en su voz. Quería y no quería.

Ni por un minuto me paré a pensar en que trabajábamos juntos y al día siguiente nos tendríamos que ver las caras de nuevo, como cada mañana, y que quizá eso la inquietara. No tenía tan integrada todavía a Corina en mi rutina y esto me hacía obviarla. Sólo veía sus ojos verdes, su cuerpo hermoso, su boca suave, y la sentía como un regalo que me enviaban desde otra dimensión donde esas trivialidades no cuentan.

LA SOGA

Cené con Corina y logré sacarle algunas promesas. No de las promesas que se hacen con la voz, sino de las que se hacen con el cuerpo. He llegado a la conclusión de que cuando te acuestas con alguien ocurren cosas, cosas que no controlas y que son las que dan lugar a tantos malentendidos. Me es igual que las provoque la química, que sean las hormonas, que sea la dictadura de la naturaleza que quiere que los hombres inseminemos a las mujeres para que la raza humana se perpetúe. Me es igual si es por un trauma de la infancia, porque buscamos reponer el amor que nuestras madres o nuestros padres no nos dieron. Es lo mismo. La cuestión es que, cuando haces el amor, los cuerpos se comportan como les viene en gana, se reconocen, se hablan y se pueden hacer promesas mutuas independientemente de tu cerebro y de ti. Entonces es ya tu cuerpo quien gobierna la situación. No digo tus órganos sexuales, que esto lo sabemos distinguir cualquiera con un poco de edad, digo algo más extenso.

Cenamos poco y nos fuimos en seguida a un hotel. Ella se dejó tentar porque nunca había estado en un hotel. Le gustó muchísimo, era muy moderno y todo lo moderno le gusta. Usé su piel y ella usó la mía, y después me habló de su vida: sus abuelas en Rumania, que todavía viven las dos y a las que a Corina le gustaba enviar regalos; de su infancia, en la que fue bastante trasto y desafiaba a la autoridad, aunque ahora sentía lástima por sus maltratados profesores, que nunca entendieron en qué se equivocaban; de su juventud, en que se casó y se divorció muy rápido; de su hija adolescente tan aplicada y responsable, todo lo contrario de ella a su edad, que vivía con sus padres allí, en Baia Mare, una ciudad de nombre sugerente que a mí me pareció que estaría o sobre una bahía o al menos sobre el mar, y, lo que son las cosas, en cambio no tiene ni lo uno ni lo otro, porque, como su nombre en rumano indica, está sobre una mina grande en el interior del país; de cómo al llegar a España se había sentido muy perdida, pero había descubierto la religión, algo que en su infancia de república socialista no existía, y cómo eso había cambiado por completo su vida. Y me habló del pastor de su iglesia o el reverendo o como se llamen los curas del credo ese que profesa.

No escondía cuánto le admiraba y lo inteligentísimas que le parecían sus homilías en el viejo cine que hacía las veces de iglesia en Coslada. Al parecer, aquel pastor de almas les hablaba mucho del miedo y las distintas maneras en que se manifiesta y nos bloquea. El tipo decía, y ella estaba de acuerdo, que el miedo estaba conectado con el deseo, que eran extremos de una misma soga. Utilizó esa palabra, soga, cosa que me extrañó porque su español, ya digo, es bastante deficiente, pero se ve que era un término del párroco. Cuanto más tiras del cabo del deseo, sea de una cosa o de una persona, más tiras del miedo, y sin darte cuenta te pasas al otro lado, al horror a perderlo. Y por eso hay que tener vigilada la soga, me decía. Manejarla con cuidado, desear, pero no demasiado, a ser posible nada, porque el miedo es un bicho, por lo visto, y según lo alimentes crecerá más o menos, como una de esas tortuguitas que se regalan a los niños y que al principio son diminutas, pero como les eches de comer crecen y crecen.

—No quieres perder una cosa que tú tienes deseo, entonces tienes miedo —explicaba—, y el miedo coge mucho espacio muy grande dentro de ti. ¿Y qué caben ya otras cosas? ¡Ninguna cabe! Sólo cabe tu miedo. Imaginas la tortuga en tu barriga.

Yo me la imaginaba y le garantizaba que nosotros dos nos cuidaríamos mucho de alimentar a esa alimaña, pero lo decía con la boca pequeña y llevado por el entusiasmo de esa primera noche —que hacía que todos estos conceptos me resultaran atractivísimos, y Corina, brillante por dominarlos. Ese ataque de optimismo me hacía creerme a mí, que soy tan impaciente, capaz de controlar mis apetitos venideros, mis ganas de verla a todas horas, mi ansiedad por tenerla cerca, que es lo que me suele pasar cuando me enamoro, porque me parecía evidente que todo iría sobre ruedas.

—Y con tu miedo en la barriga tú estás parado, no haces, no piensas bien. ¿Entiendes? Nada nuevo hay. ¿Entiendes o no entiendes que digo?

Yo entendía, entendía que tenía una suerte loca de compartir cama con ella. No hice nada, o creo que no hice nada, para provocar semejantes confidencias, pero Corina me las hizo y me gustó más por ellas. Ya he dicho que prefiero a la gente que habla a la que se está callada. Era muy hermosa su forma de hablar en la oscuridad y una pena que yo no retuviera con detalle todo lo que expuso. Pensé en anotarlo, como en clase, tomar apuntes, para poder releer sus palabras en otros momentos, como se vuelve a mirar una foto, pero habíamos bebido bastante y me pareció fuera de lugar sacar un papel y un boli allí, en la cama de un hotel NH.

Entré en mi casa de madrugada, sigilosamente, pero, por muy sigilosamente que yo entre, sé que mi madre me escucha, porque cuando cruzo el pasillo delante de su puerta la oigo removerse en la cama. Se remueve para que yo sepa que ella sabe a qué hora llego. Entonces, Parker pega un salto desde sus pies y viene hasta mí para que le ponga la correa y lo saque a dar el último paseo del día. Ese día, el pobre Parker llevaba muchas horas sin salir. Como es tan pachorra, lo soporta, aguanta, pero toparme de pronto en mi habitación con sus ojos, brillantes y húmedos como pastillas de caramelo, me sobresaltó. ¿Y si llevaba razón Corina y mi deseo me volvía ciego a otras necesidades, como mi perro, sin ir más lejos? No, en mí tenía que caber todo: el amor y la responsabilidad. Entraba en una etapa nueva en la que no sentiría ya la aprensión y el desasosiego de otros amores, porque mantendría en guardia al deseo.

Le puse la correa y salimos a la calle. En la calle oscura y silenciosa, después del amor de Corina, el amor de mi perro me pareció mejor de lo que me parece normalmente, que es mucho, y me imaginé una vida con Corina y con Parker, paseando los tres por el parque entre semana y por el campo los domingos.

Estaba agachado recogiendo las heces de Parker cuando escuché la voz de José Carlos:

—Pero, bueno, qué horas, ¿no? ¿Qué haces tú un miércoles de madrugada en la calle?

—He conocido a una tía —le contesté sin poder contenerme.

—¿Qué me narras? —dijo él removiéndose en su silla para verme mejor. Porque creo que no lo he dicho, pero José Carlos se maneja en una silla de ruedas. Técnicamente, lo suyo es una discapacidad física, aunque me río yo de su «capacidad-dis», como él la llama. Nació con un problema muscular degenerativo. Siendo niños lograba caminar y correr con bastante destreza avanzando aparatosamente las piernas a golpe de cadera, pero cuando se desarrolló del todo tuvo que resignarse a una silla de ruedas. Si le ves las piernas, son como dos palillos, carece de músculos de ningún tipo. Sin embargo, no sé cómo se las apañaba, pero en las pandillas del verano siempre triunfaba. Un verano fue apoteósico porque la niña más guapa de la piscina, Juncal se llamaba, con ese nombre te puedes figurar cómo era, estuvo por él. A partir de ahí todo fue un paseo con las mujeres, porque es acojonante lo que hace un buen arranque en la vida.

Ése no es mi caso. Ya lo he explicado. Mis amores

adolescentes arrancaron a los dieciséis con el beso por sorpresa de Lourdes. Luego ella y yo salimos juntos durante dos años y medio, de los dieciséis hasta casi los diecinueve, como creo que ya he dicho. Después cortamos, yo pensé que temporalmente, tonto de mí, porque me creí eso que ella me dijo, que necesitaba «pensar», pero resultó ser una ruptura definitiva porque a su padre, que era médico militar, lo trasladaron a Valencia y ella se matriculó en la universidad de allí, donde me figuro que habrá hecho la carrera, se habrá casado y habrá tenido hijos. Digo me figuro porque me resultaba tan doloroso pensar siquiera en volver a escuchar su voz que, una vez que abandonó Madrid y me confirmó que también me abandonaba a mí, no volví a llamarla ni a escribirle ni a preguntar por ella a sus amigas o a su abuela, a la que alguna vez veía pasar por delante de la papelería.

También es que murió mi padre y la marcha de Lourdes pasó a ser completamente secundaria. De hecho, durante el episodio que tan bien recordaba mi padre en el sueño, ese día en que Lourdes me cogió la mano siendo él ya cadáver, no iban bien las cosas. Pero, al enterarse de que mi padre había muerto, Lourdes se presentó en casa para acompañarme, y sus padres, que eran bastante tradicionales pero supongo que estaban tan conmocionados como los demás, le permitieron pasar la noche conmigo, como si esa compañía, que conllevaba un sacrificio por su parte, pudiera aliviar el dolor. Y lo alivió. Al menos momentáneamente. Al día siguiente, yo intenté besarla en el tanatorio y ella me rechazó. No muy abiertamente, hay que tener mucha sangre fría para rechazar a una persona cuyo padre acaba de morir y está ahí en un ataúd, a cuatro metros. Sólo giró levemente la cara, de modo que no le pude colocar el beso en los labios, sino en la mejilla, y retiró mis manos de su espalda, delicada pero contundentemente, dejándome con las manos vacías en un gesto torpe y bobo que, si alguien hubiera detectado, me hubiera avergonzado. Fue el primer síntoma del cambio, de la distancia que quería poner entre nosotros. Pero ¿quién se acordaba de Lourdes a estas alturas? Quizá si me la hubiera cruzado en la calle ni la hubiera reconocido. Lourdes no es un trauma en mi vida. Es una relación adolescente que, cuando se terminó, me hizo pasarlo mal.

Nada que ver con Corina. Corina era otra cosa. Ya tenía ganas de que fuera mañana. Quizá saldríamos a cenar otra vez o picaríamos algo antes de... Bueno, ésa era otra. Yo no tengo una economía para ir cada noche a un hotel NH. ¿Dónde íbamos a acostarnos? Antes o después tendría que hablar con mi madre, porque Corina vivía en un piso compartido con otros compatriotas y una de las reglas de convivencia era no traer visitas. Es comprensible. Un tío que se queda en tu casa a dormir luego se ducha y gasta agua y luz y se toma un café y usa el gas y ocupa un espacio sin pagar un duro. Eso no podía ser. Además, Corina, aparte de una tía con las ideas claras, que es algo que a mí me viene muy bien, había demostrado ser discreta. Al llevarla a casa después del hotel me hizo dejarla a varias manzanas de su portal, para que nadie la viera bajar de mi coche.

—No me gustarían los comentarios —dijo—. Ningún tiene que saber de mi vida las cosas. Luego saben en Baia Mare.

Qué raro era que Corina fuera madre, porque supongo que se refería a eso, a que no se enterara su hija de catorce años allá, en Rumania. No tenía ninguna pinta de madre de una adolescente. Eso debe de ser lo fantástico de tener hijos muy joven, que luego tú sigues siendo joven y ya los has tenido, cosa que nunca sería mi caso; yo seré, como muchos de mis amigos, un padre tardío. Eso cuando me toque, porque una cosa tengo que decir: esa noche también me di cuenta de que me gustaría ser padre. Aunque era precipitado, se lo conté a José Carlos:

—Está divorciada. Tiene una hija y yo de repente, no sé, me veo teniendo críos con ella.

—Hala... Qué rápido vas —me contestó José Carlos encantado con la idea, nada le podía gustar más que verme emparejado—. ¿Y dónde la has conocido?

Le contesté que en la papelería, así, en general. No quise ampliar detalles.

—Estoy muy contento, me parece que esta vez puede ser distinto.

—Me alegro, Vicente —dijo mi amigo—. Te estaba haciendo mucha falta. No es bueno que el hombre esté solo. Uno se vuelve maniático, se vuelve intolerante. Hay que compartir.

Le escuchaba, y con cada palabra suya me venía una imagen de armoniosa convivencia doméstica entre Corina y yo.

—La cuestión es que quiero volver a invitarla a salir, pero tengo el problema de dónde llevarla, porque ninguno de los dos vivimos solos y yo no soy millonario para ir a un hotel cada día. Y somos mayores ya para hacerlo en el coche —le dije.

José Carlos sacó del bolsillo su manojo de llaves y las agitó ante mí.

—Tío, mi casa.

—Joder, muchas gracias.

No se lo había pedido abiertamente, pero era eso lo que buscaba.

—Aunque yo esté, os metéis en el cuarto de invitados. A mí no me molesta.

Me quedé callado pensando. Aunque a José Carlos no le molestara tener a dos personas manteniendo relaciones sexuales en su casa, a mí sí me molestaba la idea de disponer de un testigo. Pero no como a Corina por evitar el cotilleo, sino porque en mi hoja de ruta ponía muy clarito que yo necesitaba ser autónomo, y tener a José Carlos ahí, sea en el salón viendo la tele o en su cuarto sobando, era como para los catalanes o los vascos tener a Madrid. Una cosa que importuna, que incomoda, que no es lo mismo que ir a tu aire por mucha autonomía que te concedan. Disipé ese pensamiento negativo inmediatamente. Recordé que no había que tener ni miedo ni prejuicios, que lo importante era tener proyectos y objetivos. ¿No había dicho eso Corina? Si no lo había dicho así exactamente, había sido algo parecido. Yo ya tenía dos objetivos. Qué digo dos, ¡tres!: comprar la tienda, marcharme de casa de mi madre, vivir con Corina. Cómo me gustaba la idea de volver a estar con ella los dos solos. Solos como los amantes.

CAZAFANTASMAS

—

—Bendito sea Dios. Vaya día ayer, ¿no? Recogidito en la calle... —exclamó mi madre con sorna a la mañana siguiente mientras le servía el desayuno—. Estarás hecho unos zorros.

—No, mamá, porque no bebí —mentí—, y si no bebes, aunque duermas poco, te encuentras bien.

—Yo si duermo poco no tengo ganas de nada —contestó ella, lo que es verdad, si no duerme sus ocho o nueve horas no da pie con bola, una manta zamorana es mi madre para el sueño.

—Hoy te va la rumana a echar una mano en la tienda, ¿verdad?

Que de pronto me preguntara por Corina me sobresaltó. No se me había ocurrido volver a asociar a Corina con mi madre. Era como si fuesen universos separados. Una estupidez, porque si yo pensaba tener una relación de pareja normalizada con Corina, mi madre sería la primera en enterarse. No porque sea ella mi confidente. Qué va, me producen desconfianza las gentes que presumen de ser los mejores amigos de sus hijos, es inverosímil. Se enteraría porque es mi compañera de piso y mi modo de vida a partir de entonces sin duda iba a cambiar: saldría más. Quizá cogería el coche cada día para llevarla al trabajo de la tarde y luego recogerla en la urbanización esa relamida, quizá... Planes, proyectos, propósitos. Me encantaba trazar ese tiempo nuevo que se abría ante los dos.

Aunque había dormido poco, llegué a la tienda más temprano que nunca y me puse a limpiarla de arriba abajo. Iba a ser una sorpresa para ella. Con la improvisación del día anterior, Corina no había fregado los platos de la tarta ni las tazas del café, y el *office* andaba un poco manga por hombro. Como una patena lo dejé. Hasta la fregona pasé, cosa que me di cuenta de que, salvo en casa de mi hermana cuando estoy de canguro, había hecho muy pocas veces en mi vida y que tiene su gracia. Cuando llegó, un pelín tarde, se quedó asombrada.

—Tú sabías muy bien fregar.

—En cambio, una cosa que no soporto es hacer la cama. Siempre me queda mal. Me gusta más deshacerla... —dije, y me reí. Pero creo que ella no pilló el chiste, porque no se rió.

—¿Qué es cazafantasmas? —preguntó mirando el calendario donde yo había marcado el día que era.

—¿Cazafantasmas? Un señor de una empresa de limpieza que quita el polvo de vez en cuando. Lleva un aspirador muy gracioso y...

No me dejó terminar:

—¿Hoy viene? —preguntó—. Pero es dinero que tú tiras hoy. Mira todo limpio.

Era cierto. Desde que Corina trabajaba en la tienda no se acumulaba el polvo de la misma manera, y el cazafantasmas, que venía ya regularmente porque me hacía un precio muy bueno y, la verdad, porque el tío me caía bien, se iba a encontrar con poco trabajo.

—Tú despides a ese hombre —dijo Corina—. No necesitas más.

—Ya, pero, Corina, pobrecillo. Tal y como están las cosas no creo que le sobren clientes. Además, no le he avisado con suficiente tiempo, estará al caer.

Simplemente imaginar ese coloquio entre el cazafantasmas y yo me inquietaba. Me quedé callado dando vueltas al asunto. Ella aprovechó mis dudas.

—Tú eres en trastienda y yo le digo que has dejado recado que no limpie, muchas gracias. No hay problema. No me conoce él a mí.

—No, claro, no te conoce. Pero el hecho es que si yo no doy la cara este hombre se va a sentir decepcionado. Igual ha renunciado a otras visitas por hacer ésta, Corina. Imagínate sólo el tiempo que le hacemos perder. Y la gasolina para venir hasta aquí. Y el parking. Y...

—Gasolina paga la empresa —contestó Corina sin ápice de duda—. Parking, también. Calla. ¿No es ésa furgoneta suya?

Me hizo meterme para dentro. Yo estaba nerviosísimo, me sudaban las manos, pero obedecí. Oí la puerta abrirse y las campanitas del ahuyentaespíritus. No sé por qué me santigüé. Yo no he ido a misa en mi vida, pero en mi vida, vamos, que no he hecho ni la comunión, pero en situaciones extremas se me va la mano. ¿Por qué me parecía ésta una situación extrema?

Me repetía a mí mismo en la penumbra de nuestro almacenillo que este señor del aspirador con toda seguridad se enfrentaba a situaciones así todos los días y que yo, como cualquiera, estaba en pleno derecho de decirle que prescindía de sus servicios si me daba la gana. Bastante había hecho ya con contratarle esas veces anteriores sólo porque mi madre no alcanzaba ya bien a limpiar los estantes más altos y por su charla, porque en el fondo había sido eso. Me gustaba su charla: me explicaba lo que veía en las viviendas que visitaba, porque se internaba en ellas hasta los últimos rincones. Muchos de sus clientes eran gente acaudalada que se podían permitir ese lujo, y a mí siempre me ha matado la curiosidad por saber cómo viven los demás, y en especial los ricos, pero cómo viven de verdad, en lo cotidiano, no como dice el *¡Hola!* que viven. Y me repetía que esos clientes ricos seguro que no lo iban a despedir y que igual hasta le venía bien que yo le abriera este hueco en la agenda para poder visitar una nueva mansión en las afueras o un enorme despacho de abogados alérgicos a las maderas nobles. Pero ninguna de estas buenas palabras me calmaba, y ya podía escuchar la voz de Manolo, porque se llamaba Manolo, bueno, se llama, espero que siga vivo, que esté bien Manolo el cazafantasmas, porque se lo merece, era o es un buen tío, un poco cotilla, un poco chuleta, demasiado orgulloso para ganarse la vida con un aparato ridículo, pero buen tío... En fin, podía escuchar su voz preguntando a Corina:

—Pero ¿seguro que no ha dejado una nota para mí ni nada? Qué raro.

—Dice que tú no tienes necesidad de venir ya a limpiar porque yo trabajo aquí y todo mucho más limpio.

—Mujer, más higiénico que con mi aspirador no creo. Y además, que te digo yo un tema, que si yo vengo aquí una vez al mes, tú te ahorras cantidad de curro. ¿Sabes lo que te digo? Que a ti te interesa la primera que yo siga viniendo, pero la primera te interesa. Que tú no sabes cómo tenían esto cuando vine la primera vez. Que tuve que cambiar el filtro, no te digo más. Y estos filtros son industriales, ojo. Pero es que esto..., telita cómo lo tenían la madre y el hijo. No habían pasado el trapo desde la boda de san Isidro.

Corina callaba y yo me la imaginaba con esa mirada dura que sabía poner cuando convenía, cuando entraba en la tienda algún adolescente gamberro o gente a pedir limosna o a repartir propaganda. Pero Manolo también era duro de pelar e insistía.

—Vamos a ver. Hacemos una cosa. Tú no dices ni mu, yo hoy te cobro la mitad y, si te gusta cómo lo dejo, vuelvo el mes que viene.

—Ha dicho jefe que no y no. Yo sólo hago que dice el jefe.

—¿Y tú a qué hora sales? —inquirió Manolo de pronto.

Qué mala suerte que no entrara un cliente, cualquier cliente, para romper la situación y que Manolo, que estaba demostrando ser un jeta, se largara.

—Yo me llamo Manolo. ¿Y tú?

Esto me indignó. ¿Qué se había creído Manolo? Sólo podía preguntarle el nombre con un fin, y eso era más de lo que ningún hombre puede soportar.

—Corina —contestó ella con su seguridad habitual, una seguridad que puede anticipar cualquier cosa.

El corazón me estallaba en el pecho. Las orejas

me quemaban. Sin más me dije: «Basta. Si no entra ningún cliente, voy a entrar yo y le voy a arrancar la cabeza.» Hecho una furia, salí disparado por la puerta de atrás y volví a entrar a mi propia tienda por la puerta principal dando un susto a Corina de aquí te espero.

—¿Qué pasa, Manolo? ¿Cómo estás? —dije, casi sin resuello de la carrera que me había pegado, pero perdiendo el ímpetu batallador tan pronto como vi a Manolo y su endiablada máquina chupadora.

—Hombre, Vicente, creí que no te iba a ver. Aquí estaba hablando con tu dependienta, que me dice que ya no necesitas que te limpie la tienda.

—Bueno, lo que ocurre es que las cosas ya sabes, Manolo, cómo están y...

No me dejó explicarme. Me pisaba todas las frases. Eliminaba de mí la energía como extraía los ácaros del material de oficina.

—Me hago cargo, pero la visita de hoy ¿quién me la paga? Porque yo me he desplazado, Vicente. A mí esto tú me lo dices ayer y no hay ningún problema, pero, claro, ahora...

Y sí, lo confieso, en lugar de arrancarle la cabeza, aflojé. Acabó pasando su maldito aspirador por toda mi tienda mientras yo me tragaba mi dignidad y Corina nos contemplaba, a mí con desdén, por flojo, y a él con desprecio, por estafador. Y encima, cuando le iba a pagar la que sería su última visita, me di cuenta de que no tenía ni un duro porque todo me lo había fundido la noche anterior con Corina, y tuve que salir disparado al cajero porque no quería dejar ni un minuto más a ese buitre a solas con mi chica. Porque sí, porque de pronto fui consciente de que lo de la noche anterior no había sido sólo un polvo, un arrebato, que yo quería que Corina fuera eso, mi chica, como la habría definido José Carlos, y en cuanto se largara el cazafantasmas se lo pensaba decir: «Corina, quiero salir contigo.» ¿O era mejor «Corina, ¿quieres salir conmigo?»... Bueno, ya sé que estas fórmulas no se usan. Que hoy dos personas adultas tienen otras alternativas y yo podía decirle algo así como «Corina, quiero verte más», pero es que yo ya la veía a diario y eso me resultaba un poco redundante.

Cuando el tipo se largó, me volví hacia Corina y, fingiendo naturalidad ante aquella situación tan desagradable que acabábamos de vivir y un poco por justificarme, comenté:

—Es un pesado. Qué gusto perderle de vista, Corina, muy buena idea has tenido. A enemigo que huye, puente de plata.

Ella no contestó nada, porque yo creo que los refranes no los entiende y es tan orgullosa que prefiere estrellarse a preguntar. Se metió para dentro a poner la cafetera. Di el asunto por concluido y cambié de tercio. Me interesaba avanzar hacia mi meta.

—¿Estás muy cansada? Se me olvidó decirte que si querías no vinieras hoy, que te quedaras en casa durmiendo. Como ayer trasnochamos...

Dije esto con la intención que cualquiera puede presuponer: la de renovar nuestro recién estrenado vínculo. Cuando Corina había entrado en la tienda por la mañana, un poco tarde, ya digo, no nos habíamos besado. Yo no le concedí importancia, uno, por el tema este que habíamos estipulado en la cama de no dejarse llevar por miedos y paranoias, y dos, porque me resultaba comprensible que para Corina el ámbito profesional fuera sagrado. No íbamos a cambiar en menos de veinticuatro horas todas las rutinas establecidas. Porque no hacía ni veinticuatro horas que la había besado por primera vez y ya estaba otra vez viéndola. Era un chollo. Eso es lo que pensé. Qué chollo. Y pensé también que en el fondo era el mejor regalo que me había hecho mi madre en la vida y que un día le iba a dar las gracias por ello. El día que llevara a casa a comer a Corina, que no tenía por qué ser una cosa formal, podía ser cualquier día, se lo diría: «Mamá, gracias por empeñarte en que Corina entrara en la tienda.» Yo la miraba y ella seguía a lo suyo, calentando la leche, que sabía ya que me gustaba muy calentita.

—Ayer... Anoche... —No era fácil encontrar las palabras adecuadas, sin orden ni concierto se me agolpaban en el pecho—. Corina... Yo quería decirte que me gusta tenerte aquí... Cerca... Muy cerca. Cuanto más cerca, mejor.

Di unos pasos para arrimarme a ella, pero en esto levantó el cazo, que estaba en el fuego. La leche humeaba entre los dos y yo me detuve. Ahora sí me miraba y me dirigía una sonrisa un poco torcida que hacía ella a veces, como diciendo: ¿te crees que no me doy cuenta de lo que pasa?

—Tú, tonto.

De primeras me asusté, no caía en la cuenta de a qué se refería.

—Podías haber ahorrado el dinero de ese persona.

Sentí un enorme alivio. No me insultaba por haberla seducido (aunque la seducción había sido mutua y ambos somos adultos, yo puedo sentirme culpable por cualquier acto negativo que ocurra en un radio de cincuenta metros de mi persona, metros, kilómetros o incluso millas, lo que haga falta), me hablaba del cazafantasmas, a quien yo ya había olvidado.

—Yo casi había solucionado —concluyó su reproche, que, ya digo, no me sonó a crítica, sino a mieles del paraíso.

—Es que os oía y se estaba poniendo muy pesado contigo —me expliqué.

—Yo sé defender sola, Vicente.

Dijo mi nombre y, como mi nombre no me agrada, me sonó raro. Me sonó falso. A mí me gusta cuando las mujeres me llaman amor o cariño o mi vida, cualquier cosa de ésas, incluso gordi, algo que mucha gente no soporta. ¿Cuándo me llamaría Corina amor o cariño o mi vida? Igual, como su lengua materna es otra, nunca tendría soltura para dedicarme esos apelativos. Me diría otros, seguramente en rumano. Qué sé yo, igual que Blanca había tenido el capricho de rebautizarme Vincenzo, para Corina podía ser Vicentescu.

—Lo sé, Corina, y por eso me gustas. Me gustas mucho. Es lo que quería decirte.

No me contestó, pero no me importó. No tenía otra verdad, y se la ofrecí. Me acordé de la nota manuscrita con boli azul, que todavía conservaba, y, cuando a las dos ella se marchó, conmovido, besé el papelito.

REGALOS
—

Aunque todo había comenzado el día de su cumpleaños, en realidad no le había hecho regalo alguno. Pensar que tenía una mujer a la que regalar algo me alegraba bastante, así que ese día comí rápido con mi madre y aproveché el paseo con Parker para mirar escaparates. No era fácil, porque tampoco sabía yo tanto de los gustos y aficiones de Corina.

A las cinco regresé a la papelería con las manos vacías. Sin embargo, no me importaba. Había muchos días por delante para sorprender a Corina y, en el fondo, cuanto más me alejara de la fecha del cumpleaños, menos predecible resultaría mi detalle y más efecto tendría. «Un regalo especial para una mujer especial», podía decir la tarjeta que lo acompañara. Porque ya había pensado en la manera de entregárselo: lo escondería en algún estante, entre los cartuchos de tinta y los consumibles de encuadernación, y así, cuando yo le requiriera reponerlos, se daría de narices con mi obsequio, que era como decir con mi capacidad de amor, con todo lo que yo tenía para entregarle.

Pasaron varios días hasta que se me ocurrió el regalo perfecto, y en esos días nos intercambiamos algunos besos en la trastienda, besos que yo robaba más que imponía, porque sé que nuestra condición de empleador y empleada podría ser vista desde fuera como una desigualdad delicada. Lo que sí está claro, ahora reparo en ello, es que la iniciativa la llevaba siempre yo. No permitió que la volviera a acompañar al trabajo en esa urbanización repelente, y reconozco que no me importó, porque sacar el coche del garaje cada día a las dos y cruzarme la ciudad entera en plena hora punta me daba una pereza mortal. Aparte de que hubiera supuesto dejar sola a mi madre a la hora de comer, una hora especialmente complicada para ella porque, por un lado, toca pasear a Parker, y, por otro, como la comida le importa un comino, si no estás allí para hacer el filete o calentar las patatas guisadas, ella se toma una magdalena con un vaso de leche y se planta frente a la tele.

Le había dado por ver la tele. Nosotros tenemos el Canal Plus por el fútbol. Es una pasta al mes, pero a mí me vale la pena. No es que me apasione el fútbol, me interesan muchísimo más el cine y las series, pero con los años he tenido que aficionarme. Con toda la tontería que se ha generado en torno a ese deporte —ya hasta las mujeres opinan de los entrenadores estrella y de sus tácticas en el vestuario—, si no estuviera al día de fútbol, tendría muchísimas dificultades de inserción. Mis clientes hablan de fútbol, mis proveedores hablan de fútbol, el tío de Hacienda habla de fútbol, mis vecinos hablan de fútbol, mis cuñados, cómo no, son socios cada uno de un club (tengo un sobrino del Madrid, otro del Barça y la enana es del Atleti), y el médico de cabecera y el administrativo del banco y el taxista y el del quiosco y el pescadero y la veterinaria y... En resumidas cuentas, que si tienes una tienda abierta al público no te queda otra que estar al día de lo que le preocupa a ese público. No hay más. De otro modo, acabas teniendo una papelería del siglo XX y no una del siglo XXI, que es lo que yo pretendía entonces. Pero ése es otro tema que de momento dejo aparcado. Mi madre, decía, pasaba ahora mucho tiempo viendo la tele. Veía cine. A todas horas. Español. Checo. Norteamericano. Japonés. Lo que pillara. Mi madre había sido aficionada cuando vivía mi padre. Durante nuestra infancia particularmente, casi todas las noches salían a ver alguna película. Pero luego, con la viudedad, su círculo social se acortó y dejó de frecuentar las salas. Todos hemos dejado de frecuentar las salas, eso es general y ni siquiera ha sido algo deliberado, pero ella parece que, al perder a su pareja, perdió el interés por determinadas cosas. Es lo que pasa con algunas mujeres de su generación, que al final no sabes si las actividades las hacían porque les interesaban a ellas o porque se acoplaban a los intereses del marido, como si su vida o sus deseos se hubieran borrado con el «sí, quiero». No pretendo hacer aquí una soflama feminista de las que le gustan a mi hermana, sólo digo que a veces es más difícil conocer por dentro a una madre que a un padre, y yo ahora sé que eso es lo que me pasa a mí con la mía: estaba tan dispuesta a amoldarse a su hombre y sus costumbres que quien era ella no resultó evidente para nosotros hasta hace bien poco. Si es que alguna vez hemos llegado a verlo. Amoldarse a mi padre era bueno, de todos modos, porque era un tipo que te llevaba a lugares interesantes. Y no me refiero sólo a lugares físicos, sino a lugares mentales, porque mi padre era un hombre ante todo curioso que abría las puertas de nuestra casa a gente muy diversa como si aquello fuera la feria del ganado. Cuando murió, se llevó las llaves de la feria.

Había encontrado el regalo perfecto para Corina. Hubiera querido entregárselo el fin de semana, por ejemplo yéndonos a comer por ahí el sábado, después de que yo cerrara la tienda. José Carlos me había dado las llaves de su piso por si nos apetecía echarnos una siesta e incluso pasar la noche si Corina quería. ¿Y por qué no iba a querer? Éramos dos personas adultas, sin compromisos que nos detuvieran, sin padres que se contrariaran, porque a mi madre, ya digo, estos asuntos le resbalan. No contaba yo con la religión de Corina. Pertenece a un culto de estos que no sé si son protestantes o qué son, que, además de prohibirle comer cerdo o marisco (qué tiene que ver el marisco con Dios nunca lo entenderé), por lo visto prohíben beber alcohol. Esto era un gran fallo. Yo no soy ni bebedor habitual ni tengo problemas con las cogorzas ni nada de eso. Prefiero ser comedido en todo, también en los gin-tonics, pero sé que para la vida amorosa un poco de desinhibición es importante. Sobre todo al principio, para darse valor y quitarse vergüenza.

—Pero el día de tu cumpleaños bebimos lambrusco —observé.

—Pero fue muy gran error —contestó ella—. Yo creí que lambrusco no es alcohol. Y ese otro día...

No terminó la frase.

—Bueno, a mí me es igual que no podamos pegarnos una mariscada con albariño. A mí me gustas lo mismo, yo respeto tus creencias —insistí—. Te llevo a comer donde tú quieras. Venga, Corina, dime. ¿Un italiano como el otro día? ¿Un mexicano? ¡Ya está! ¡Un japonés! ¿Has comido alguna vez en un japonés? Es muy exótico.

Estaba dispuesto a tirar la casa por la ventana.

—En restaurantes gastas mucho dinero —repuso ella.

—Una vez a la semana no creo que sea derrochar —aduje yo—. Y no te preocupes por el dinero. Yo invito.

Me miró y me soltó la noticia:

—Yo sábado no puedo ver ni domingo. Son días de mi iglesia.

—Pero ¿cómo? ¿Todos los sábados y todos los domingos? ¿Enteros?

—Éste no puedo. Otra vez a lo mejor.

El siguiente fin de semana era el cumpleaños de su cuñada, que al parecer era una de las personas con las que compartía el piso, y, como su propio cumpleaños había sido recientemente, lo celebraban juntas en una gran reunión programada con antelación y para la que les habían enviado viandas hasta desde Rumania. Viandas que no se encuentran aquí y que son mejores, por lo visto, puesto que hay gente que viaja al extranjero y se deja un montón de energía en reproducir la vida que dejó atrás. Yo no soy de ésos. Si yo me hubiera ido de lector a una universidad anglosajona, como era mi proyecto a los diecisiete años, hubiera huido de los españoles como de la peste. No por nada, ¿qué sentido tiene vivir un sucedáneo? Ya sé que no es lo mismo el turismo que la inmigración. O sea, que aterrizar en otro país por un período corto, con fecha de vuelta y porque quieres no es comparable a desembarcar en un país por un tiempo ilimitado, obligado por la ruina del tuyo. Pero a mí me gusta amoldarme y me gustan las parejas interculturales. Me gustan los ingleses que se han casado con españolas y las francesas casadas con españoles, por ejemplo. Mis padres tenían varios amigos de ese tipo: gentes que llegaron a un país, a lo mejor de veraneo o de viaje de estudios, y se enamoraron de un nativo y se quedaron cuarenta años. Yo quería ser algo así para Corina: su razón para querer a España y estar cómoda, sentirse una más, no una emigrante en Coslada, sino sentirse mejor que en su país. Su propio país a mi lado con los años, estaba seguro, acabaría pareciéndole un lugar lejano e irreconocible, porque su casa sería yo. Pero, claro, Corina no podía comer jamón del bueno. Ni del bueno ni del malo. Quiero decir que Corina ponía unas barreras para su españolización que no me facilitaban nada las cosas.

—Corina, aparte de Madrid, ¿qué conoces de España?

—Soria —me contestó al instante.

—¿Soria?

—Trabajé con una familia que tenía una casa en Soria. Un pueblo pequeño. Vacío. Nadie gente. Muy frío. Íbamos muchos fines de semana. A mí me gustaba.

—¿Y la iglesia?

—¿Qué iglesia?

—Tu iglesia. ¿No tenías que ir entonces a misa todos los sábados y los domingos?

—Si trabajo pastor me da permiso.

—Ah, ya.

—No trabajo es distinto. Es pecado. Falta de respeto a Dios. Iglesia es su casa.

¿Pastor? ¿Qué cargo era ése? Me lo decía muy seria y con cierta suficiencia, como si le fastidiara un poco tener que explicarme verdades tan evidentes. Esos gestos de ella un poco desabridos, altaneros, que antes me crispaban, son los que ahora me resultaban encantadores. Haber sido capaz de desmontar su seriedad, su eficiencia, su sentido tan práctico y haberla arrastrado a comer pizza (vegetal) y a pasar un trozo de noche conmigo en un hotel moderno me resultaban victorias a las que no pensaba renunciar. Ella se armaba, pero yo sabía cómo desarmarla. Sólo era cuestión de tener paciencia y saber esperar.

—Es que tú no tienes paciencia —me había dicho muchas veces José Carlos, ese gurú del amor contemporáneo—. Tú en seguida las agobias. Utilizas la estrategia felpudo y ésa no cotiza en el mercado de los solteros. No cotiza ni cotizará.

Según José Carlos, lo que yo llamo ser atento y

146

cariñoso es dejar que las mujeres me pisen, y por eso me pierden el respeto y pierden el interés.

—Las atosigas.

No era cierto. Cuando alguien te gusta, si ese alguien te llama, te envía mensajes, está pendiente de ti, en suma, y quiere verte, no te agobia, te pone contento. Y si no te pone contento (o contenta) es que esa persona no te gustaba y no hay mucho que ella o él pueda hacer para despertar tu interés. Ésa es la pura verdad. Así de crudo. Es posible que mi historial amoroso esté mal trazado y que yo siempre me haya fijado en tías que no daban realmente un duro por mí y que haya otras, en otros lugares, que bien contentas se pondrían de que les estuviera ofreciendo comer en un japonés un sábado a mediodía para luego echarse la siesta conmigo. Pero yo no las conozco. Yo he conocido a Lourdes, en la adolescencia. Y luego a Patricia. Y luego a Pilar, que ha sido la más guapa de todas, pero la más perra también, porque ni comía ni dejaba comer. Y últimamente a Blanca. Y, entre unas y otras, hubo períodos en que me dediqué a vivir con tranquilidad la vida y a reponerme, porque de una a otra me quedo yo agotado, porque al final ellas, o el pensar en ellas, me acaban agobiando mucho más a mí de lo que yo las agobio a ellas siendo un felpudo. Como me decía mi padre en el sueño, me gustan, pero no se dejan coger. Como las mariposas.

Tenía un regalo para Corina, pero no la tenía a

ella. Era sábado. Salí de la tienda, eché el cierre y puse la alarma. Como José Carlos se había ido de fin de semana con su chica, no tenía plan. Llamar a los amigotes me daba una pereza mortal, porque salir con parejas a veces es bastante pesado y sabía que me iba a recordar lo solo que estaba. Porque ésa era la verdad: haber besado a Corina y haber acariciado su cuerpo me hacía sentir solo como no me sentía antes. Me iba, pero me acordé de que tenía que entrar un momento en la tienda de al lado. Creo que ya dije que la papelería no está en una calle especialmente concurrida y que es un barrio donde todavía nos conocemos de vista algunos.

En el local contiguo al mío hay un centro de belleza. Es un centro de belleza pequeño, independiente, que no pertenece a una cadena, quiero decir, a una sociedad anónima de franquicias con sus accionistas, sino que tiene cara y manos. Las dueñas son dos hermanas, Laura y Eva, de mi edad más o menos, y lo de las manos me importa en este caso, porque en un salón de belleza se trabaja así, físicamente. Vamos, que yo en la vida he entrado en uno, pero lo sé. He entrado en el de mi calle por cuestiones profesionales, no soy de esos tíos de ahora que se depilan. José Carlos, por ejemplo, se quita el pelo de la espalda porque al parecer a su novia-amante le disgusta y él hace lo que mande Esther, para que luego me eche charlas sobre felpudos. Como yo no tengo exceso de vello, a mis vecinas las esteticistas las trato estrictamente como colegas y punto, no hay más confianza. Nunca hemos llegado a intimar, hola y adiós, pero nos ayudamos a menudo, como buenos vecinos, ya sea para pedirnos cambio, para dejar un cheque para un proveedor si no vamos a estar, o, hacía pocos días, para mirar la gotera de los de arriba, pequeñas cuestiones de ese orden. Pero el sábado tenía que entrar de nuevo por el tema este de la fuga de agua del vecino del primero que nos había ocasionado humedades a los dos locales. Debía entregarles el parte del perito y determinar cuándo nos vendría bien que el pintor del seguro pintara los techos. Como era la hora a la que ellas también cierran, una terminaba de hacer la manicura a una señora y la otra estaba ya con el abrigo puesto. La del abrigo, no sé si es Eva o Laura, siempre confundo sus nombres, me cogió el parte.

—Lo del pintor ya lo decidimos el lunes, ¿te parece? —me dijo muy amable pero apresurada, y luego se agachó para despedirse de su hermana.

Entre el abrigo que abulta y aprieta, las manos cargadas con el bolso, alguna bolsa de compra y el parte, no era cómodo para ella agacharse, no era cómodo despedirse con un beso de su hermana, cuyos movimientos a su vez estaban también muy limitados: sentada, en una mano tenía un pincel y con la otra sujetaba los dedos de la clienta. Lo único que podía hacer para facilitar el beso era girar levemente la cabeza y estirar el cuello, sin perder nunca de vista las uñas que esmaltaba. Fue un esfuerzo grande por parte de ambas, un esfuerzo que se podían haber ahorrado, porque se reencuentran cada día y están muchas horas juntas, pero en esa fracción de segundo yo percibí claramente lo crucial que era el beso. A pesar de las prisas, la que se iba no podía no dejar algo suyo con la que se quedaba sola, como si el beso en la mejilla encerrara otra cosa, un sello de lacre, un conjuro mágico imprescindible que te ayudará a seguir adelante. Yo no recuerdo a mi hermana haciendo nunca ese esfuerzo, agachándose así para besarme. Y no estoy diciendo que mi hermana no me quiera. Cuidado, Nuria me quiere y yo puedo confiar en ella y en un momento dado podría pedirle lo que fuera, siempre va a estar ahí, a su chapucera y discontinua manera, pero está. Sin embargo, no me besa mi hermana. Ni yo a ella, claro. No de esa manera. No es nuestra educación. En mi familia besamos como si fuera un idioma extranjero que practicamos, que entendemos y en el que nos defendemos más o menos, pero que no es nuestra lengua materna. Yo, por ejemplo, no besé a mi padre la última vez que le vi en el descansillo de casa. Habíamos comido y se iba a la imprenta a trabajar, como todos los días. Pero era la última vez. Última vez. Todavía se me hacen raras esas palabras, aunque es complicado llamarlo de otra manera. Es complicado que no te pesen.

Vi el gesto casual de las hermanas y pensé: «Hay gente que se quiere, hay gente que tiene la determinación militante de intercambiarse regularmente una cantidad de afecto contante y sonante. Una cantidad de ternura tan sólida que, casi físicamente, uno podía agarrarse a ella.» Supe entonces que yo no pertenecía a esa congregación, pero supe también que yo quería absolutamente ingresar en ella.

LUZ PULSADA

El lunes fui a esconder el regalo de Corina entre los suministros. Lo había pensado bien el fin de semana: la gente que quiere a otra gente y la besa confía en la vida, no se anda con trucos y estrategias como los que me sugería constantemente José Carlos.

—Hazte esperar —decía—, hazte desear. No estés siempre disponible. Que te pierde la impaciencia, Vicente, y eso se nota y te coloca en posición de desventaja.

Pues sí. Claro que estaba impaciente. Me había acostado una vez con Corina en un hotel moderno y no había logrado avanzar un centímetro más. Vale que apenas habían pasado unos días desde ese primer encuentro, pero yo tenía ganas de más y no veo qué tiene eso de raro. Conclusión: la cortejaría, y el primer paso era el regalo. Removí algunas cajas y me sorprendió lo poco que pesaban. Me dije que quizá estaba equivocado y que el pedido nuevo no había llegado unos días antes, como yo creía. Pero era una tontería pensar que yo estaba equivocado, los albaranes de entrega estaban sobre mi mesa y recordaba a Corina etiquetando cada producto. Abrí las cajas y estaban, en efecto, medio vacías. Quizá Corina, tan decidida y tan segura de sus ideas, había colocado el remanente en otro lado. Se lo preguntaría cuando llegara, todavía era temprano. Puse la cafetera para recibirla con café calentito y unas rosquillas ricas y no muy grasientas ni muy dulces que había comprado especialmente. Al fin llegó. Me costó aguantarme mientras ella acomodaba su abrigo y sus cosas en la trastienda.

—¿Ya has hecho tú café? Y dulces redondos... —me dijo.

—Son rosquillas. ¿Te gustan? De una pastelería muy buena que hay cerca de mi casa. Ya verás qué ligeras y qué ricas. A mí me encantan. Me gustan los placeres sencillos.

Esto último lo dije porque quería dejar constancia de que yo no era un tipo que fuese por la vida en busca de sexo y nada más. Durante el fin de semana había recapacitado: a lo mejor a Corina le había asustado un poco mi impetuosidad del primer día y quizá necesitase su espacio y su tiempo. Ese tiempo yo se lo iba a conceder, porque además me serviría para demostrarle que, aunque ella fuese una mujer atractiva, yo no la quería sólo por su físico para un intercambio carnal, sino para algo más serio y más profundo. Esto de profundo me da vergüenza decirlo, pero se parece a la verdad. O a lo que yo creía que era la verdad: que ella me gustaba por su manera de pensar y por su forma de sentir, además de por sus ojos verdes almendrados y por sus caderas redondas y perfectas para mí. Porque es que, cuando nos acostamos, había tenido yo la sensación de que encajábamos como si estuviésemos hechos a la medida. Por fin llegó el momento:

—¿Me alcanzas los rotuladores borrables? Tráeme quince de cada color, por favor, que voy a ponerlos aquí a la vista, a ver si los vendemos.

—¿No puedes coger tú? —me dijo, porque estaba fregando las tazas del café.

—No, no puedo —contesté, sabiendo que en este momento convenía parecer un jefe déspota, para multiplicar luego el agradable efecto de mi broma y de mi regalo.

Se secó las manos, imagino que maldiciendo en su cabeza mi instrucción caprichosa, removió las cajas y dijo:

—Aquí hay una cosa rara.

Me acerqué. Era mi paquete con su lazo. La verdad, estaba muy bonito envuelto. La dependienta de los grandes almacenes había hecho un trabajo excelente. Era un regalo caro, pero por una vez lo caro valía su precio.

—Es para ti. Es tu regalo.

Se puso colorada. Esas reacciones de ella, incapaz de ocultar sus emociones, me volvían loco. Tuve que hacer muchísimo esfuerzo para no lanzarme a besarla. Quitó cuidadosamente el envoltorio y lo que vio no sé si le gustó, porque de primeras no lo entendió:

—¿Qué es?

—Un aparato de luz pulsada.

—No conozco.

—Un aparato para depilarte definitivamente. Indoloro, además.

Rompió a reír a carcajadas. No podía parar. Se sujetaba la tripa porque de tanto reír le tiraban los músculos. Yo me empecé a reír con ella, pero entró un señor a hacer un montón de fotocopias de documentos bastante complicados. Yo hacía fotocopias y la oía a ella en la trastienda reírse y hablar por teléfono en rumano. Había llamado a alguien para contárselo.

—Vaya juerga —me dijo el de las fotocopias.

Asentí y sonreí. No se me ocurría qué decir. Cuando se calmó un poco y el de las fotocopias se hubo marchado, Corina se acercó a mí, me agarró la cabeza con las dos manos y me besó en la frente.

—¿Tú me regalas a mí esto? ¿Tú crees que yo tengo mal los pelos en las piernas?

—Nooo, Corina, nada de eso. Es que he pensado

que las mujeres os sacrificáis tanto por el tema que, no sé, vi este aparato y...

Por supuesto, tener como vecinas a las esteticistas me había dado la idea. La de mujeres que pasaban por allí diariamente gastando tiempo y dinero en quitarse el vello para los hombres. Y encima con cera, que debe de doler espantosamente. Esto de la luz pulsada era una novedad, bastante cara, por cierto, que por primera vez estaba disponible para uso doméstico:

—Es un tratamiento de salón de belleza, pero para hacerlo en casa. ¿No te gusta?

—Me gusta, me gusta, sí. Es raro solamente.

—Lo puedes cambiar. Tengo el ticket.

—No, no cambio. Pero dame ticket por si rompe.

—Eso es verdad, para la garantía. Me encanta lo práctica y organizada que eres, Corina —dije mientras buscaba el ticket en la cartera. Y añadí—: Por cierto, ¿dónde están el resto de los rotuladores que había en la caja? Los repusimos el otro día, ¿verdad?

—No sé. Yo no toco nada —me dijo mientras volvía a la trastienda para meter el pequeño electrodoméstico en su bolso, que era enorme y se lo tragaba todo sin visos de tener fondo. Debía de dejarla deslomada acarrearlo, pero así son las mujeres. Tanta liberación, tanto quemar sujetadores, y para mi gusto lo que tenían que haber quemado son los bolsos esos que arrastran y les impiden la libertad de movimientos.

Esa tarde, cuando yo estaba de nuevo solo, busqué esos suministros que echaba a faltar, pero no los encontré. ¿Dónde los había metido Corina? Ése era su defecto: lo terca y melona que era cuando quería. Seguro que había colocado ese lote nuevo en algún lado inesperado en su afán por ordenar las cosas según sus criterios.

Aseguraba don Joaquín, alias *el Chivo* (en todos los institutos había un Chivo, lo sé, cualquier profesor con perilla lo era), mi profesor de literatura, que hay ocasiones en la vida en que uno puede elegir cruzar al otro lado o quedarse en éste, y que ese paso es irreversible. Supongo que mi profesor hablaba de las dudas y tentaciones propias de los adolescentes: el abandono de los estudios, las drogas, la pequeña delincuencia, un enamoramiento inconveniente, la falsificación de las notas... Todo aquello en lo que te puedes ver involucrado por azar y que modificará para mal el rumbo previsto de tu vida. Bien, esa noche en que mi madre me observaba hacer una tortilla paisana fue cuando yo empecé a cruzar el río del lado del que nunca pensé que cruzaría y dejé atrás la frontera de mis límites morales, esa ética con la que había sido educado sin ser muy consciente de ella, pero que respetaba a rajatabla. Mi hermana nos había avisado de que traía a los niños y yo me había puesto a preparar una señora cena. Sin embargo, debía de estar yo más preocupado de lo que creía con ese asunto de los límites y del río, porque se me escapó un comentario:

—¿Te puedes creer que no localizo varias cajas de rotuladores de estos borrables para las pizarras blancas? Llegó el pedido el otro día y no sé dónde los he metido.

—¿Cuántas cajas? —contestó escuetamente mi madre.

—Cuatro. Una de cada color. ¿Se te ocurre un sitio donde Corina lo pueda haber metido? ¿Algún cajón o altillo de estos que no usamos y que yo ni recuerdo?

—¿Se lo has preguntado a ella?

Me paré un instante. El río estaba allí a mis pies. Por primera vez veía su agua correr. Quizá sólo era un arroyo, no un gran afluente, pero ¿cruzaba o me quedaba? Porque, al fin y al cabo, ¿me había servido de algo quedarme en este lado toda mi vida? ¿Qué tenía a mis treinta y siete años a cambio de obedecer siempre las leyes de la buena convivencia? No quería perder a Corina, así que salté:

—A lo mejor me he liado yo y no lo pedí al final —contesté a mi madre quitándole importancia—.

No me extrañaría, porque tengo un despiste... Mañana lo compruebo con la distribuidora.

Eso zanjó el asunto porque en esto sonó histéricamente el telefonillo. Parker se puso a ladrar como un maníaco, no por aversión hacia los intrusos, sino de alegría porque ya se oía el ascensor y yo creo que huele a los niños desde el portal. Con el alboroto, mi madre se olvidó del tema y yo me alegré. Abrí la puerta y allí estaba mi hermana, con sus tres niños y una cara que me dejó preocupado. Tenía ojos de haber llorado. Mi hermana no llora nunca, porque mi hermana es como una piedra, así que le pregunté a bocajarro:

—¿Qué te pasa, Nuria?

No me contestó, pero esto ya he dicho que en mi familia es normal.

—Ayúdame. ¿No ves que voy cargada como una mula?

La ayudé, en efecto traía varias maletas.

—¿Los niños se quedan? —pregunté, porque no nos había dicho nada, al menos no a mí, no sé si a mi madre, que como también parece que le cobran por hablar no me cuenta la mitad de las cosas—. ¿Tienes algún viaje? —Mi hermana trabaja en una multinacional de productos de limpieza, en el departamento de marketing, y, de vez en cuando, la suertuda de ella viaja a las convenciones.

—Nos quedamos todos —me dijo. Y aquí sí, ya comprendí que algo inusual pasaba.

Dimos de cenar a los niños, los duchamos y los acostamos con esa fingida normalidad de los momentos excepcionales de la vida que yo, desgraciadamente, conocía.

—¿Tienes whisky? —me preguntó mi hermana en un momento en que mi madre se había ido a su cuarto a ponerse el camisón con una sola mano.

—No creo —dije, seguro de que no tenía.

—¿Y ginebra o ron o algo de ese tipo?

Como yo no tenía nada de eso (en casa apenas bebemos vino o cerveza, que nunca falta, pues mi madre es forofa, parece irlandesa), subí un momento a casa de José Carlos. Estaba viendo una serie en DVD, zampándose episodio tras episodio como nos gusta hacer a los dos. Me cabreé.

—¡Tío, podías haberme esperado! Ni me habías dicho que tenías la cuarta temporada.

—Me ha llegado hoy.

Que se viera esta serie nueva por su cuenta y sin avisar, con el celofán caliente aún encima de la mesa, como un maldito yonqui, me supo a traición.

—Sólo pensaba ver el primer episodio.

—Sí, hombre, y yo me lo creo. ¿Tienes whisky?

—¿Para quién? ¿Tienes a tu chica en casa? Vas a toda velocidad.

—No. Es para mi hermana.

A José Carlos mi hermana le cae de maravilla, le

resulta fascinante desde que éramos enanos, así que se le iluminó la cara.

—Bajo contigo.

—No sé si es el mejor momento, José Carlos, me parece que...

—Vale, pues me quedo viendo la serie y te jodes.

—No, baja, baja.

A estas alturas, José Carlos era como de la familia. Qué más daba que escuchara lo que mi hermana nos tenía que decir. Agarró una botella de whisky de malta, bastante bueno, por cierto, y bajamos.

Mi hermana nos contó que había roto con su último novio, Jorge, el de la gestoría. Pero lo terrible del asunto es que, en uno de esos enjuagues de cuentas tan extraños que hace mi hermana constantemente para sobrevivir en el caos o quizá para prolongarlo y no tener que detenerse nunca a pensar sobre su vida, en los últimos meses había pasado el contrato de su casa de toda la vida a nombre de Jorge, él había empezado a pagar el alquiler, y ahora, al romper, sus niños y ella se habían quedado en la puñetera calle. Al escucharlo, mi madre se había agarrado un cabreo tan grande que ni la presencia de José Carlos había logrado atemperarla. Se tomó dos whiskazos mi madre, concretamente el suyo y el de mi hermana, que no quiere que beba, no sé por qué, como si mi pobre hermana empinara el codo, que tiene muchos defectos, pero ése no.

—¡Menuda vejez me vais a dar los dos! ¡Menuda vejez! —se lamentaba entre sorbo y sorbo.

—Mamá... —suplicaba yo—, que se van a despertar los niños... Mamá...

Pero mi madre no atendía a razones.

—Yo no sé para qué gastamos vuestro padre y yo tanto dinero en colegios y en clases particulares... Yo no entiendo ya nada... Nada entiendo.

Lo del gasto en colegio lo debía de decir por mi hermana, que sí que fue siempre a un colegio privado. No era mi caso. A mí en cuarto de la EGB me metieron en uno público al lado de casa. Yo dinero, lo que es dinero, poco les había costado. Pero me callé, no era momento de reproches.

Me metí en la cama, sin lograr pegar ojo más que algún rato. Si yo no podía dormir, cómo estaría mi hermana. Me levanté. Di una vuelta por la casa. Estaba inusitadamente llena. Habíamos improvisado camas para todos: los dos chicos, Sergio y Mauro, en el antiguo cuarto de mi hermana; mi madre con su nieta Amelie en esa cama de matrimonio que hacía tantos años que únicamente compartía ya con la niña; mi hermana en el sofá del salón, que si es preciso se hace cama. ¡Qué distintos modos de dormir! Los niños, como cosmonautas viajando en ese sueño denso y profundo, que es un trabajo al que se dedican seria e intensamente, ajenos a cuanto ocurre a su alrededor, entregados a soñar la vida que tienen por delante. Las personas mayores en cambio, según van envejeciendo, cuerpos inertes a los que se les va notando el esfuerzo por vivir, por mantenerse aquí, por ocupar su lugar, como si al dormir ya no prepararan nada, apenas ensayaran su muerte.

«Tío, me da miedo la abuela cuando duerme, parece un topo», me había dicho una mañana Sergio. Sabía a lo que se refería, pero no lo hubiera definido nunca tan bien. Era así, mi madre, sobre todo a partir de su caída, dormía como un animal pequeño e indefenso, como un topo que erra el camino y que, si se descuidara, podría deslizarse en la muerte ciegamente.

Me asomé al salón. Al oírme en el vano de la puerta, Nuria se removió en el sofá cama, tampoco dormía. Parker descansaba a sus pies, sobre la alfombra.

—¿Pasa algo? —me dijo.

—No. ¿Necesitas algo tú? —le pregunté.

—No. Estaba pensando que mañana lo de llevar los niños al colegio desde aquí va a ser un poco complicado.

—Bueno, ya nos organizaremos —le contesté—. Duerme, anda.

—¿Y este perro? ¿Te lo llevas?

Parker había abierto un ojo y agitaba el rabo, pero no tenía intención de moverse de donde estaba.

—No sé. Parece que hoy prefiere dormir contigo. ¿Te molesta?

—No —repuso ella.

—Él duerme con quien más lo necesita. Es así.

—Ya.

Mi hermana se quedó en silencio. Yo me volví para encaminarme a mi cuarto, pero ella habló de nuevo:

—He hecho un poco el gilipollas, ¿no?

Éste era todo el dolor que iba a mostrarme, y era mucho.

—Qué va, Nuria. Son cosas que pasan. Va a ir todo bien. Tú eres de acero inoxidable. Ya lo verás. Ya te ayudaremos.

Me pareció que acogía las palabras que yo le daba y me gustó. Adoptó la postura del sueño, se relajaba. Volví a mi cama, pero ya estaba desvelado. En todas esas horas de insomnio que se hacen tan largas, pensé en Corina, en su cuerpo hermoso, en que al fin había llegado el momento de que yo me marchara de casa; pensé en cómo sería vivir con ella, dormir con ella en su cuarto del piso compartido y coger el Cercanías cada mañana para venir desde Coslada hasta la tienda, abrirla juntos, llevarla juntos, comer con mi madre en casa, y por la tarde, después de cerrar, regresar cogidos de la mano en el transporte público, quizá charlando, quizá leyendo cada uno su libro electrónico, que es lo más cómodo para trayectos largos. Aunque, como yo tenía coche y plaza de garaje, otra opción buena era ir y venir en él. También pensé en los productos que echaba en falta en la tienda, y, no sé por qué, entonces fue cuando me acordé del *Chivo*, mi antiguo profesor de literatura, y de mi riachuelo. Y me dije que tampoco es que él fuera el más cualificado para dar lecciones de ética. Pocas semanas antes de fin de curso se lió con una de las compañeras más guapas de COU. Creo que hasta tuvieron un hijo juntos y todo. Igual por eso le daba tantas vueltas a lo de cruzar el río.

EL OTRO LADO DEL RÍO

Mi casa, con los tres niños y mi hermana desquicia-
da, se había convertido en un lugar muy distinto del
habitual. Yo había perdido intimidad, pero había
ganado en otras cosas: mi madre ya no estaba sola, y
desde el primer día me di cuenta de que tanto a ella
como a mí nos encantaba vivir con mis sobrinos.
Aunque resultara cansado (y caro, el gasto en supermercado, en gas, en luz se multiplicó exponencial-
mente) me reconfortaba escuchar sus vocecitas y
también me gustaba haber sustituido los diálogos
de las innumerables películas que se tragaba mi madre por los de los dibujos animados a los que era
adicta mi sobrinilla Amelie, la peleona, la favorita.
Mauro, mi sobrino mediano, en cambio, era fanáti-
co del Monopoly y una partida infinita nos ocupaba
las tardes-noches en la mesa del comedor, mesa que
no lográbamos desalojar por el rigor del juego, lo
que nos llevó a adoptar la costumbre de jugar y ce-

nar al mismo tiempo con una bandeja en las rodillas y el fajo de billetes de mentirijillas en la mano.

Yo había mantenido distintos tipos de relaciones, pero ninguna —exceptuando, claro, la que tuve con Lourdes en el instituto hace la torta de años— había sido con una persona a la que tuviera oportunidad de ver a diario. Cada mañana, caminar a buen paso hasta la tienda, donde sabía que vería a Corina, me resultaba maravillosamente grato y me llenaba de fuerza. Tanta fuerza tenía que ahora daba paseos más largos a Parker. El lugar donde mejor podía abandonarme a mis felices ensoñaciones amorosas era en el parque con mi perro.

No obstante, y si bien sabía que la paciencia era imprescindible en mi estrategia, empezaba a perderla. Si Corina necesitaba tiempo como demostración de mi compromiso con ella, yo se lo estaba dando ya con creces, así que una mañana en que apenas entró nadie en la tienda, quizá también desesperado por este factor, el factor aburrimiento soporífero, porque ya me había leído el periódico dos veces y hecho todos los sudokus, forcé la máquina. Me fui a la trastienda donde ella cosía no sé qué (tenía la costumbre de traerse labor en esa bolsa de loneta suya) y empecé a masajearle el cuello y luego los hombros. Ella no respondía, pero parecía que se dejaba, así que yo continué en mi exploración. Bien podíamos hacer el amor allí. No tenía nada de extraño que una pareja de comerciantes se besase y se tocase en la intimidad de su trastienda. Sin embargo, al poco, ella agarró bruscamente mi mano por la muñeca y la sacó de debajo de su sostén, donde había logrado llegar con no poca alegría por parte de mi cuerpo, que ya se las prometía muy felices. Se levantó y me dijo:

—Hoy poco trabajo. ¿Te importa si me voy más pronto? Tengo muchas cosas que hago tarde.

Me quedé planchado. No sólo porque interrumpiera nuestro escarceo, no sólo porque no quisiera devolverme el amor y la atención que yo le prestaba, sino porque, una vez más, no hiciera mención alguna a lo que había sucedido y estaba sucediendo entre nosotros. Odio que las cosas se vuelvan invisibles, pero muchas veces tengo la sensación de que eso es lo que predomina en mi vida.

—Corina, ¿qué planes tienes para nosotros? —le espeté sin más—. A mí me gustaría ser tu novio. ¿Entiendes? Tu pareja. Me gustas. Estoy bien contigo.

—¿Puedo ir o no? —me devolvió la pelota ella.

—Cuando me contestes te lo digo. —Yo no pensaba contribuir a esta situación ambigua.

Me miró y sé que pensó que yo exageraba y que era memo y no entendía nada, pero me dio igual. Empezaba a conocerla y lo que mejor resultaba era plantarle cara. Aunque por dentro estaba ya arrepentido de haberla llevado al rincón, metafóricamente hablando, y tenerla allí obligada a darme una respuesta que podía ser sí o podía ser no (y, en ese caso, ¿qué iba a hacer yo?, ¿cómo lo sobrellevaría?), mantuve el tipo.

—Es pronto —dijo.

—No quieres contestarme.

—No quieres contestarme tú.

—¡¿Cómo puedes comparar una cosa con la otra?! —protesté.

Su ambivalencia me parecía ahora deliberada, una manera de torturarme y tenerme comiendo de su mano. Una sensación desagradable se apoderó de mí, me sentía indefenso. Corina se calló. ¿Por qué yo vivía rodeado de mujeres que se callaban? El castigo del silencio es el que peor llevo.

Una cosa buena de Blanca es que jamás operaba de ese modo. Todo te lo contaba. Hasta las razones por las que a su juicio nuestra relación no funcionaba y debíamos dejar de vernos. Pensé en Blanca. Me entraron ganas de verla o, al menos, de llamarla, como cada vez que me ocurría algo importante, fuera bueno o malo.

—Corina, ¿quieres que tengamos una relación de pareja o no? Esto es absurdo.

—Vicente, ¿puedo salir menos tarde para hacer mis cosas hoy o no?

—Haz lo que quieras —le dije de mala gana, y salí para la tienda.

Al poco, ella tenía su abrigo puesto y cargaba con su inevitable bolsa de loneta y su bolso gigantesco de piel, supongo que sintética.

—Te veo mañana —me dijo.

Pero antes de cerrar la puerta de la tienda se volvió y añadió:

—Y te doy respuesta un día.

¡¿Un día?! ¿Qué día? ¿A qué se refería? ¿Por qué hablaba tan raro? ¿Lo hacía ex profeso? Estaba devanándome los sesos, conteniendo mi angustia y mis ganas de llamar a Blanca, mis ganas de que dieran las dos para coger el coche y salir pitando hacia la urbanización finolis donde sin duda la alcanzaría al bajarse del autobús y antes de entrar en la casa de los ancianos ricos, aguantándome mis ganas de mandarlo todo a la mierda y al mismo tiempo conseguirlo todo y que esa mujer-mariposa no se me volviera a escapar nunca más de entre las manos, cuando sonaron las campanitas del ahuyentaespíritus de la puerta. Salí al mostrador. No era ningún cliente, era Laura o Eva, nunca sé cuál es cuál, una de las esteticistas.

—Hola.

—Hola —la saludé sin muchas ganas. La angustia me agotaba.

—¿Te dejaron anteayer un pedido urgente para

nosotras? El repartidor sólo podía pasar a primera hora. Le dije que lo dejara aquí.

—¿A qué hora?

—Por la mañana temprano. Abrimos más tarde porque mi hermana tenía revisión del ginecólogo, bueno, ecografía.

—¿Está embarazada?

—Sí —contestó Laura o Eva con una gran sonrisa. Me di cuenta de que, aunque son simpáticas las dos, ésta en concreto tenía una mirada más cálida y hablaba despacio, sin prisas, como si hablar conmigo en ese momento fuera lo único en lo que estaba puesta su persona, como si en este mundo en que todos vamos acelerados ella tuviera el don de la atención, cosa que entiendo que deje a las clientas como la seda. No me extraña que se fidelicen—. ¿No te lo contó tu empleada? ¿Cómo se llama?

—Corina.

—Pues Corina. Se lo pregunté a ella, que si no le importaba recogernos el pedido. Tú no estabas.

—¿Antes de ayer? No. Antes de ayer tuve que ir al banco un rato.

Yo seguía yendo al banco a negociar el crédito para la compra de la tienda. Me tenían que dar la tasación del inmueble. Cuando volví, Corina no me había dicho nada, pero ésa era otra característica suya, tampoco era muy propensa a tomar el recado si me llamaban, aunque ahora, como casi nadie llama al fijo, no tiene mucha importancia.

—¿No te dijo nada?

—Es un poco despistada Corina. Buena chica, pero despistada. Se le pasaría.

¿Por qué la estaba defendiendo? De momento no era otra cosa que mi empleada. No era mi novia, ni mi amiga, no había vínculo afectivo que justificara mi esfuerzo para que las vecinas no se hicieran un mal concepto de ella. Sin embargo, así era. Yo quería que Corina le gustara a todo el mundo casi tanto como me gustaba a mí.

—¿Y no lo entregaron? Son dos cajas de productos de belleza grandes y una caja pequeña de muestras. Mar de Diamantes tiene que poner en la caja.

—¿Mar de Diamantes? —No me sonaba nada pero nada lo que me contaba.

Ahora me dolía la cabeza. Estaba un tanto abotargado porque, al ver la espalda de Corina recortada en el cristal del escaparate mientras se alejaba, tuve la impresión de que era la última vez que la veía. Eso es lo que me pasa cuando discuto con alguien, me descompongo.

—Qué pálido estás —dijo Eva o Laura—. ¿Vengo luego?

—No. Pasa conmigo y miras tú misma en el almacén, que seguro que reconoces mejor que yo las cajas.

Laura o Eva pasó dentro y yo me senté.

—Qué bien huele a café. En verano y primavera, cuando tienes abierta la ventana del patio, mi hermana y yo siempre lo decimos: «Qué cafetero es este Vicente.»

—Pues cuando queráis ya sabéis.

—Nosotras no tenemos cafetera, porque es que con las dos cabinas ya no queda espacio ni para un infiernillo. A mí me encanta el café.

—A mí también, pero no el Nespresso —puntualicé sin venir a cuento. Cada vez me sentía más débil. Ya ni pensaba derecho.

—¡Uy, el Nespresso! A mi hermana le han quitado el café porque en el embarazo puede subir la tensión, y es lo que peor lleva. Es adicta al Nespresso. Yo no. A mí me gusta más aguado, de puchero, que dice mi madre. Yo no veo el pedido por ningún lado.

—No me suena nada que viniera ningún repartidor —contesté.

Era la verdad. Yo había salido un momento, pero si hubiera venido un repartidor con tres cajas seguro que Corina me hubiera dicho algo, aunque sólo fuera para protestar por el espacio que restaban y el desorden que causaban. Una vez que tenía las cosas organizadas, parece que le daba rabia hasta que se vendieran porque si había huecos ya no quedaba tan armónico.

—Bueno, pues nada. Será que lo trae otro día. Muchas gracias, Vicente.

—Muchas gracias a ti... —No pude decir su nombre porque no sabía si hablaba con Laura o con Eva. Se parecen tanto...

Comí con mi ahora numerosa familia y eso me distrajo un poco, y la tarde afortunadamente fue bastante agitada en la tienda, y eso también me mantuvo obligatoriamente ocupado. Cuando paseaba a Parker antes de cenar, saqué el móvil del bolsillo por enésima vez. Llevaba todo el día mirando la maldita pantallita a ver si ella me llamaba, me escribía o algo. Pero ella pasaba. Claro, estaba trabajando. Si no tuve que contenerme cincuenta veces, no me contuve ninguna, porque a toda costa una parte de mi cerebro decía: «Mándale un mensaje, repítele la pregunta», mientras otra porción de mi cabeza ya sabía el infierno que es estar esperando todo el día una respuesta que no llega y me aconsejaba dejarlo estar, porque quizá me había precipitado y había metido la pata una vez más. Recordé una cosa que me advierte mucho José Carlos: que los mensajes de móvil los carga el diablo y que la gente usa el móvil tanto para comunicarse como para poner distancia, y que ojito. Pero los buenos consejos no me servían y, sin saber cómo, fui a parar a la puerta del parking y, sin saber cómo, me encontré subiendo a Parker al coche y metiendo la llave en el contacto.

No recordaba con exactitud la dirección de Corina, puesto que ella me había ido indicando la ruta la madrugada que la devolví a su portal, pero la encontraría. A esa hora había bastante tráfico de salida en Madrid y tardé más de lo previsto en llegar a Coslada. Mi madre estaba sola con los tres niños porque mi hermana tenía una presentación de producto y llegaba tarde. Se suponía que yo debía haber estado con mi madre ayudándola con los nietos, pero nada de eso me importaba. Llamé a casa mientras conducía aprovechando un parón del atasco y tuve suerte, cogió el teléfono Sergio, mi sobrino mayor. Eso era estupendo, así me ahorraba dar explicaciones a mi madre, que es una cosa que me pone bastante nervioso porque tengo la sensación de que me lee el pensamiento y sabe si lo que digo es la verdad o miento. Mi sobrino mayor ya tiene doce años y es bastante responsable. Es como un abuelo, en realidad. A veces pasa eso con los niños que tienen padres un poco alocados, se hacen adultos antes. Adultos y conservadores. Le dije:

—Sergio, campeón, dile a la abuela que he tenido que irme a comprar un imprevisto a un polígono fuera de Madrid. Que se nos ha acabado el tóner de la fotocopiadora y no puedo esperar hasta que venga el técnico. Que no me esperéis a cenar, que hay un atasco increíble, debe de haber un accidente en la carretera o algo. —Esto era mentira, pero podía ser verdad—. Mira en la nevera y verás el teléfono de la pizzería. Hay varios cupones de descuento. Pide las pizzas que te gusten y paga con el dinero que tengo en el cajón de mi cuarto... Sí, en la mesilla.

Qué listo era este niño, qué gusto daba tratar con él. Daba gusto y a veces me daba un poco de pena, porque un niño a los doce años lo que tiene que ser es niño, no padrecito de sus hermanos, y a él le había tocado ese papel.

—Dile a la abuela que no se preocupe, que iré en cuanto pueda.

Colgué sin tener que enfrentarme a mi madre en una situación en la que escuchar su voz todavía hubiera complicado mucho más mis emociones. Detuve el coche en el mismo lugar en el que había dejado a Corina apenas un par de semanas antes. Para evitar tentaciones y sufrimiento, me pareció adecuado perder de vista el móvil. Lo silencié y lo guardé en el lugar más inaccesible que se me ocurrió: en el maletero. El edificio estaba en una calle complicada, con escaleras y recovecos, una de esas barriadas construidas en los años setenta de bloques con pequeños jardines entre ellos y decenas de coches abigarrados luchando por defender su derecho al aparcamiento. Eran casas que fueron construidas para obreros a quienes no les llegaba ni para un Seat 127. Ahora era distinto, todo quisqui tiene su auto y era complicado estar parado en doble fila vigilando, porque cada dos por tres otro vehículo me pitaba, dado que le molestaba al paso. Así logré esperar unos cuarenta minutos en los que, de algún modo, me serené. Estar cerca de su piso, estar cerca de alguna realidad suya, parece que me acercaba a la posibilidad de lograr estar con ella, de que no desapareciera para siempre de mi vida.

«Yo quiero tener una relación en la que nunca meta la pata.» Eso es lo primero que le diría cuando volviese a verla. «Quiero una relación en la que las cosas vayan fluidas, naturales, sin sobresaltos, como el día de tu cumpleaños. Yo no quiero jugar al ratón y al gato, quiero quererte como eres y que me quieras como soy.» Quedó un sitio libre y maniobrar para aparcar interrumpió la elaboración de mi monólogo. Al fin había logrado aparcar bien, lo cual también tenía su parte molesta porque cada pocos minutos otro coche se me paraba delante y el conductor o conductora, que igual llevaba media hora dando vueltas con ganas de entrar en su casa y relajarse al fin, me pitaba y hacía un gesto de «¿te vas?». Yo le decía que no, que me quedaba, y él o ella, fastidiado, cansado, me lanzaba una mirada como diciendo: «Pues bájate del coche, so mamón, que me lías.»

De pronto la vi. Se bajaba de un coche. El vehículo lo conducía un tío, de unos cuarenta, robusto. Ella abrió el maletero, luego se acercó a un portal, llamó al telefonillo, habló con alguien y volvió junto al utilitario. Se apoyó en él mientras esperaba y el tío que conducía se bajó y encendió dos pitillos. Uno se lo ofreció a ella, que se puso a fumar y me dio miedo. No sé por qué me dio miedo. Yo no sabía que fumaba. Nunca la había visto fumar ni en mi tienda ni en todo el día que pasamos juntos. No pensé nunca que fuera una mujer que fumara. Mi madre fuma, mi hermana fuma, yo no, pero no tengo nada en contra de la gente que fuma; sin embargo, de Corina, no sé por qué, no me lo esperaba y me asusté. Entonces, en lugar de salir yo de mi coche e ir hacia ella como había previsto y decirle: «Corina, siento lo de esta mañana, yo lo único que quiero es hacerte feliz, ofrecerte mi apoyo y mi cariño, blablablá...», me agaché para que no me descubriera ella a mí. Del portal salió una mujer gruesa, pero joven (quizá la famosa cuñada del cumpleaños), y entre los tres empezaron a sacar cajas del maletero. Cinco cajas. En tres de ellas ponía Mar de Diamantes. Otras dos eran de Edding y Pelikan. Después sacaron la bolsa de loneta que yo veía todos los días en mi tienda y el bolsazo de piel sintética. Lo metieron todo en el portal y desaparecieron. El hombre volvió al coche y se fue, imagino que a dar vueltas hasta lograr aparcarlo.

Con el móvil en el maletero volví a casa. Aparqué cómodamente en mi plaza de garaje y llegué a tiempo de acostar a los niños. Luego fui al baño y me arreé una pastilla de dormir de las de mi madre.

LOS SIETE CABRITILLOS

No sé si era la resaca de la pastilla, no sé si era el desasosiego de lo que había visto en Coslada, pero al levantarme sentía un dolor de cabeza que me impedía pensar. En el baño, mientras buscaba en el botiquín una aspirina, mi madre me saludó con un:

—Vaya cara tienes. A ver si vas a estar malo.

—No, mamá, me encuentro bien.

—Vete a la tienda, la abres y te vuelves a la cama. Que se quede Serena.

—¿Serena? ¿Quién es Serena?

—La rumana. ¿No se llama Serena?

—No, mamá, se llama Corina.

Que confundiera el nombre por una parte me alivió, pero por otra me dio tristeza. No había dado tiempo a que mi madre la conociera realmente y ya se había torcido lo nuestro. Yo iba de mal en peor.

—Ya se conoce bien el tran-tran de la tienda, ¿no?

—Sí, mamá, se lo conoce muy bien. Pero no hace falta. Es que estoy cansado. Después de comer me echo una cabezada y ya está.

—Los niños dan trabajo, ¿verdad? Son ricos, pero dan trabajo. ¿Tú qué piensas de tu hermana?

Mi hermana. Vaya pregunta. Yo pienso muchas cosas de mi hermana. Por una parte le envidio esa iniciativa desbordante, esa capacidad de meterse en líos sentimentales, pero también de salir de ellos con determinación, arrastrando a sus niños allá donde va, como una unidad indivisible. Me parece bien esa mezcla de autonomía y dependencia que genera a su alrededor y que supongo que no es fácil para ella. Tiene muchas amigas que la quieren con locura, andan siempre pendientes unas de las otras, y ya el domingo siguiente nos había pedido a mi madre y a mí que le dejásemos la casa libre para convidarlas. Conciliábulo lo llaman. Es buena en su trabajo. También es malhumorada y grita mucho cuando se enfada, y con su hija pequeña, Amelie, tiene unas enganchadas que da miedo oírlas. Pero, como es mi hermana, yo sé que luego se le pasa y que son sólo sus demonios, que salen a paseo de vez en cuando. Ésos son sólo algunos de mis pensamientos sobre mi hermana, pero a mi madre le dije:

—Pues no sé. Que a este Jorge lo había conocido en una gestoría cuando fue a renovarse el carnet de conducir, ¿no?

Lo llevaba caducado desde hacía dos años y ella es muy señorita para ir a Tráfico y hacer las colas como los demás. Del problema con el tal Jorge no le había preguntado nada a mi hermana porque me esperaba una respuesta del tipo «métete en tus asuntos, Vicente, que vives en el mundo de los siete cabritillos y te va a comer el lobo». A veces parece que tiene que demostrar que ella es más fuerte y más resistente y más dura que nadie. Prefiere ser el lobo a un cabritillo. Antes de que te depreden, depredas tú, imagino que es su lema. Menos para sus niños. Ahí, ya lo he dicho, se desmorona y, aunque se haga la autoritaria, es más cabritillo que cualquiera de los siete.

—Ya sabes cómo es Nuria, mamá, cuando quiera ya nos contará —tranquilicé a mi madre.

—Pero los niños están bien aquí, ¿no crees? —insistió ella.

—Mamá, se me hace tarde. Yo los veo muy bien.

—¿No tomas ni un café?

Me iba a ir, pero la miré un instante. A veces me cuesta mantenerle la mirada, ya digo que me parece que me escruta por dentro, pero extrañamente la vi tan frágil con su preocupación por Nuria y su brazo recogido sobre el pecho y su moratón en la frente, que no se le terminaba de borrar, que antes de salir la besé, casi con la dulzura de las dos hermanas, y me sentí de maravilla. Por unos instantes, el dolor de la traición de Corina, el temor al verla encender su cigarrillo de vampiresa indiferente, toda esa desolación en la que yo me había metido de cabeza, se levantó como la bruma en verano. Es lo que tienen los besos, atrapan las mariposas. Sé que a ella, aunque no dijera absolutamente nada, también le gustó el gesto y sintió como yo una cercanía protectora. Estaba yo ya en la puerta cuando rompió el mutismo para interesarse, a nuestra discreta manera, por mí:

—Hijo, ¿aparecieron las cajas?

—¿De los rotuladores? Aparecieron. Todo ha aparecido... —contesté.

Porque debo decir que, pese a ese bello momento de armonía maternofilial que acabábamos de vivir, uno de los aspectos que menos me gustan de mi madre es que es desconfiada. Yo, en cambio, evito buscarle tres pies al gato, pero mi madre siempre te está advirtiendo sobre éste o aquél. Si por ejemplo me cruzo a un viejo cliente de mi padre o a algún amigo de la familia que ella ha perdido de vista y le digo tan contento: «Ayer me encontré a Zutano, me dio muchos recuerdos para ti», ella me contesta: «Zutano, ése siempre ha ido a lo suyo. ¿Sabes por qué se separó de su socio? Porque se lió con su hija.» Siempre tiene alguna historia atroz que me desinfla completamente y manda al carajo el regocijo de ese encuentro. Ésa es la razón por la que no añadí más explicaciones y cerré la puerta tras de mí como alma que lleva el diablo.

Ya he contado que por lo general desayuno dos veces. Una en casa temprano y otra en la tienda a media mañana, cuando hay un rato tranquilo. Pero ese día la pastilla había hecho su efecto, no había oído el despertador y con el paseo de Parker, que por poco que sea hay que sacarlo cada mañana, no me había dado tiempo a hacerme nada, así que, de camino, me compré un tortel de cabello de ángel para comérmelo en la tienda, algo que sólo hago excepcionalmente, y éste era un día muy excepcional. No es que tuviera hambre, no tenía ninguna, es que quería por encima de todo que las cosas fueran como cualquier otro día. A propósito, sólo compré un tortel para mí y nada para mi dependienta.

Llegué a la tienda y revisé cada estante. Me puse a hacer una lista. Me gustan las listas. Las listas quitan mucho estrés porque te organizan la cabeza; y si los asuntos están ahí, anotados en un papel, parece que en parte los resuelves. Esta lista, sin embargo, no sé si me relajó o más bien lo opuesto. No sólo faltaban rotuladores; también faltaban sacapuntas, gomas de borrar, paquetes de gomas elásticas, anillas, cuadernos, lápices, agendas, fundas perforadas, subcarpetas, pegamento en barra... Para qué seguir.

De todo. Se veía que había ido haciendo acopio de un popurrí de productos, porque, desde luego, en el mes y pico que llevaba conmigo yo no había notado incremento alguno en la facturación. Bueno, más que en el mes y pico conmigo, en el mes y pico que llevaba en la tienda, porque conmigo, lo que es conmigo, yo ya no sentía en absoluto que Corina hubiera estado nunca. Terminé mi lista. Eran casi las once y ella no había llegado. Tenía yo razón. Su silueta en el escaparate la mañana anterior era la despedida. Me dolió recordarla. Todavía tenía ganas de estar con ella. Para alejar este pensamiento que tan desvalido me hacía sentir, recordé esa otra imagen, la de ella fumando apoyada en el coche de su colega. Ésta me dio escalofríos. Pero entonces empecé a pensar en él, en el colega, en su duro rostro. Me acordé de algo que había leído: que muchas mujeres inmigrantes tienen que saldar una gran deuda con aquellos que las han traído a España. Y pensé que quizá ése fuera el caso de Corina. Que a lo mejor ella fumaba por seguir la corriente al jefe, a ese jefe bruto que la extorsionaba, y que quizá era para él para quien robaba material de oficina. Y material de salón de belleza. Me acordé de Eva o Laura. Busqué en Internet el número del representante de Mar de Diamantes para nuestra zona; me costó, pero al fin lo conseguí. Le conté que por error me había deshecho del pedido, pensando que no era para mí, y que quería subsanar la confusión discretamente. ¿Cuándo podría servirme el mismo contenido? Quedó en pasarse esa tarde y colgamos. Era un gasto con el que no contaba, pero me dio igual, porque reparar una parte de lo roto me hizo sentir mejor. Las cosas, si uno se ponía, tenían remedio. Las hermanas esteticistas tendrían sus cajas de Mar de Diamantes, tal y como estaba previsto. Nada se había malogrado. Al menos, nada que perjudicara a terceros. De pronto, cuando ya no contaba con ello, se abrió la puerta. Desde el umbral, ella, sin decir buenos días ni nada, afirmó:

—Huelga Cercanías. Perdonas.

Casi me caigo al suelo. Lo último que me esperaba era que volviera, pero allí la tenía, en carne y hueso. Fuera llovía y sacudía cuidadosamente su paraguas en la calle para no mojar el suelo. Cuando al fin entró, al rozarme para pasar a la trastienda, me anunció:

—Tengo menstruación.

Y sonrió y me dio un pellizco cariñoso en la molla de la riñonada, creo que sinceramente contenta.

—Hoy tú quieres trabajo una hora más.

No sabía qué decirle. No sabía qué contestar. Me sentía desarmado. Arrugué la lista que tenía sobre el mostrador.

—¿Tú haces pedido nuevo? —me preguntó mientras se quitaba el abrigo.

Hoy no traía la bolsa de loneta. Sólo su bolso, pero otro modelo, mucho más pequeño. Contesté lo primero que se me pasó por la cabeza:

—Una hora más no tiene sentido. Yo cierro a las dos. No me sirve de nada que estés aquí cuando no entra nadie.

Ella reparó en mi tortel. Estaba allí, en el *office*, envuelto todavía. Ni me había acordado.

—¿Has traído desayuno? Nosotros nos ponemos muy gordos —dijo, y sonrió de nuevo, mirándome a los ojos, también creo que con sinceridad.

Es difícil conocer a las personas. Es difícil juzgarlas. Yo antes creía que no y me parecía fácil calar, por ejemplo, a las parejas de mi hermana. Que si el uno fumaba porros y ponía copas, que si el otro cambiaba demasiado de trabajo... Se lo decía. Le decía: «¿Por qué siempre te lías con tíos que conoces por la noche? ¿No ves que vienen averiados de fábrica?» Y ella me contestaba eso de los siete cabritillos, que quiere decir que yo no veo la realidad como es, sino como quiero verla, y que todo el mundo fuma porros o sale hasta las tantas y que todo el mundo tiene defectos, tiene un lado oscuro, pero que también se los ama por ello. Es la teoría de mi hermana Nuria, no la mía. Lo que ocurre es que ella hace trampa, y si mi madre y yo pensábamos que los conflictos entre mi hermana y sus parejas eran previsibles, alguna razón habría. Sin embargo, ahora pienso: ¿qué sabíamos realmente nosotros de los amores de mi hermana? Lo que ocurre entre dos personas son muchas cosas al tiempo, a menudo contradictorias y también secretas, secretas incluso para ellos mismos. Por eso no es tan fácil el amor. No es fácil para nadie, queremos que sea fácil, pero no lo es. Todo eso lo aprendí esa mañana, en esos instantes en que la misma mujer que había descargado las cajas de Mar de Diamantes del maletero de un coche en Coslada me miraba ahora con una mirada limpia y agradecida mientras ponía la cafetera y preparaba amorosamente dos tazas: la suya y la mía. Porque la gente puede ser dos cosas a la vez, contradictorias y simultáneas.

—Yo era muy preocupada, ¿sabes? Por embarazo.

¡Acabáramos! Así que ésa era la razón por la que me había evitado desde la noche en que nos acostamos. No habíamos usado preservativo, porque fue tan de sopetón que yo no llevaba ninguno encima y, como ella no sugirió nada, yo pensé que tomaría anticonceptivos. Ya sé que esto es infantil por mi parte —inmaduro, quiero decir—, que debería ser bastante más precavido y más explícito, pero nunca he sido precavido en estos temas. Confío y me entrego como un cabestro sin pensar en las consecuencias. Es la verdad.

—A mí me gusta ser un cabritillo —le dije sin pensar. ¡Vaya frase! ¿De dónde coño salía?—. No pensé en ti, ni en esto del embarazo. Lo siento. Siento que lo hayas pasado mal. No volverá a ocurrir.

Este último enunciado, según lo pronunciaba, me di cuenta de que tampoco era nada afortunado, porque yo quería que volviera a ocurrir. No el que ella corriera el riesgo de quedarse embarazada, pero sí el que volviésemos a acostarnos. Opté por callarme. La situación era bastante compleja ya de por sí. Y estaba yo callado, rumiando el siguiente paso, rumiando cómo decirle que la había descubierto en el portal de su casa y que sabía que fumaba y que me robaba, cuando se me acercó con la taza del café humeante para entregármela, pero antes me besó.

Era la primera vez que me besaba ella y, en serio, me pareció un beso sincero y lleno de sentimiento. La abracé como si abrazara a un combatiente que regresa del frente, que se ha jugado la vida y a quien ya pensábamos que no volveríamos a ver. Ella percibió mi emoción, se separó un poco y me sonrió.

—Tú eres hombre muy bueno —me dijo.

Y no sé si es lo mejor que se le puede decir a un tío hoy en día, que parece que lo que procede es ser oscuro, intenso, «malote», pero a mí me gustó y decidí que sí, que claro que yo era muy bueno y por eso comprendía las debilidades del alma humana, que es muy compleja. Y como comprendía el alma humana, tal vez no la mía, pero sí la de mi amada, y sabía perdonar su flaqueza, su lado tenebroso, no le diría nada de la bolsa de loneta ni del pitillo ni del material que ella había despistado de la tienda durante las anteriores semanas. Yo estaría más vigilante para ayudarla a no robar. Bueno, que no era ni un robo. Se trataba de un hurto, que legalmente no puedes ni denunciar una cosa así, todos los comerciantes lo sabemos. Es algo muy menor que yo impediría que se repitiera con mi amor y mi comprensión. Porque si seguíamos hablando y besándonos durante el tiempo suficiente, estaba seguro de que ella iría contándome lo que le pasaba. Porque algo muy grave te tenía que pasar para hacer algo tan horrible como robar a un amigo que te dio trabajo sin conocerte porque le gustó tu letra.

MICROCLIMA

—

Durante las semanas siguientes, me acosté con ella algunas veces más donde José Carlos. El primer día no quiso subir porque pensaba que la llevaba a mi casa y se negaba en rotundo a desnudarse bajo el mismo techo que cobijaba a mi madre. Decía que eso sí sería un verdadero pecado. Yo qué sé. Le expliqué la verdad, que íbamos al sexto, no al cuarto, que en esa vivienda estaríamos solos y que ni siquiera le recordaría a la mía, porque mi amigo vive en el B y yo en el A y encima ha hecho reforma.

—¿No me engañas? —repetía—. ¿No me engañas?

En el ascensor insistió. Y yo me preguntaba: ¿qué le habrán hecho a esta mujer para que sea tan desconfiada? Y una malévola voz interior que me habla a veces mascullaba: se cree la ladrona que todos son de su condición. Pero no hice caso de esa voz mezquina, porque estaba yo convencido de la honestidad de Corina. Durante esas semanas al otro lado del río preferí pensar que, a su modo, estaba confusa y perdida, nada más, porque me resultaba evidente que disfrutaba de nuestra relación, de los momentos que robábamos a su trabajo, a su iglesia, a sus obligaciones, a las mías. No eran muchos esos momentos, pero eran verdaderos como la mirada cristalina de sus ojos verdes, que no parpadeaban, y fueron suficientes para que yo me sintiera enamorado.

La palabra «enamorado» sé que a veces no significa nada y que puede haber muchos y distintos puntos de vista sobre su sentido concreto e incluso sobre la posibilidad de que signifique algo, pero yo me refiero a lo que convencionalmente se entiende por enamorado: hay una persona que te gusta por encima de todas las demás y, aparte de que todo lo que dice te resulte relevante, te gusta mucho su cuerpo y es tu prioridad estar cerca de ella, sentirla y contemplarla. Más o menos ése sería el resumen. El enamoramiento es un estado físico y requiere un mantenimiento material que se hace a base de unos cuantos sacrificios u ofrendas. Por ejemplo, una de esas ofrendas fue la que mi madre hizo a mi padre poniéndome a mí Vicente, que era como se llamaba mi abuelo y es un nombre objetivamente horrendo que encima no se llevaba nada en ese momento, mediados de los setenta, un momento de Davides, Danieles, Alejandros, Borjas, Gonzalos... Mi madre le hizo un regalo a mi padre a mi costa. Pero no quiero volver sobre este asunto de mi nombre. Corina lo pronunció pocas veces. Por algo sería. Y las ofrendas que yo le hice ya se han visto: mucho material de oficina.

Creo que Corina no volvió a sustraer nada de la tienda. Por un lado, yo estaba muy atento y le brindaba pocas ocasiones. Por otro, quiero pensar que ella había intensificado su vínculo conmigo y yo ya no era ese desconocido al que te es indiferente desplumar. Puede ser también que aquel matón del coche hubiera dejado de reclamarle pagos. No lo sé. No lo sé y me hubiera gustado averiguarlo, llegar a hablar del asunto, pero no hubo ocasión, y no porque yo lo rehuyera. Es cierto que por lo general evito los enfrentamientos, que procuro no discutir y que hasta hace poco creía ser un tío paciente y flexible. Ahora sé que no. Qué va. Evito discutir sencillamente porque me da pavor la idea de una persona delante de mí desencajada gritándome. Después de gritarse y decirse cosas horribles y dejar claro que se piensa distinto, que no se quiere lo mismo, ¿qué haces? Me cuesta imaginarlo. Me desagrada. Me agota. Y lo eludo. Pero, en el caso de Corina y las cinco cajas de cartón, yo tenía claro que algún día lo hablaríamos, cuando yo viera que se sentía confiada, segura. Por ahora ese momento no había llegado. Yo lo percibía porque, aunque nuestros cuerpos se sentían muy cómodos juntos, ella apenas me había vuelto a hablar de su pasado o de su vida. Me hablaba de las costumbres de Baia Mare, de su hija adolescente —que quería ser médico pediatra cuando creciera y a la que se ve que estaba muy apegada—, de cuanto ocurría en casa de aquellos viejecitos que cuidaba por las tardes. Bromeaba sobre España y lo excéntricos que muchas veces le parecíamos los españoles, pero no hablaba de su vida emocional. Tampoco me parece obligatorio en una relación. Creo que no se debe hablar de todo, que hay cosas invisibles que no se pueden comunicar con palabras y se comunican mediante actos también invisibles.

—¿Por qué no nos vamos de fin de semana? —le propuse un jueves—. Este fin de semana. Venga, que parece que va a hacer bueno.

—¿Fin de semana? ¿Fuera? —me contestó ella como si le hubiera planteado atracar un banco en el Bronx de Nueva York.

—Sí. Mi amigo José Carlos tiene un apartamento en la costa de Alicante. Se lo puedo pedir. Casi no lo usa. Y mi hermana me puede hacer el favor y cubrirme el sábado por la mañana en la tienda. Venga, di que sí.

El apartamento, en realidad, es de los padres de José Carlos, o sea, de toda la familia, y cuando los padres (que en verano, como los escolares, tienen vacaciones del geriátrico) se van quince días en agosto a Vigo con un familiar, porque no pueden más de calor y de muchedumbres, José Carlos me suele avisar y allí que nos plantamos los dos tan ricamente a nuestro aire. El pueblo costero se ha transformado mucho desde que íbamos de adolescentes, pero a mí me gusta el reencuentro cada año con los edificios cuya fachada han revocado, con ese otro solar en el que habían empezado a poner los cimientos y ya están a punto de inaugurar, con el chiringuito de la horchata rica que no para de crecer, con los chipirones a la plancha y las plagas de medusas gordas..., esas cosas.

—Muy buen amigo José Carlos. Tiene bonito piso, tiene apartamento en el mar...

—Sí, es muy buen amigo. Un día tenemos que salir a cenar con él y su novia.

—¿Tiene una novia?

—Sí. Esther.

—¿Y por qué no se casa?

La pregunta me chocó. Si no los conocía, ¿qué importaba? Pero Corina tenía esas reacciones que no dejaban de sorprenderme y de divertirme. La vida de la gente le interesaba. Lo pensé, pero decidí contarle la verdad. Era mi pareja, no debía ocultarle nada.

—No se casa porque Esther ya está casada.

Corina no contestó, sólo hizo un gesto de extrañeza. Me expliqué:

—Esther está casada, tiene dos niños y no quiere dejar a su marido porque... No lo sé muy bien. Por los hijos, por no darle el disgusto a él... No lo sé. Pero quiere cantidad a José Carlos y llevan varios años juntos. Trabajan en la misma empresa y aprovechan los viajes y así para verse. Les va bien. Son felices.

Corina me escuchaba muy atenta y en silencio. Eso me animó a seguir hablando.

—La verdad es que yo no soportaría una situación como ésa. Por ejemplo, yo a ti te quiero —me di cuenta en ese momento de que era la primera vez que se lo decía—, y no me valdría con verte a ratos. Antes o después, si las cosas van bien, me gustaría que viviésemos juntos.

Ya está, ya se lo había dicho. Más claro, agua. Ella siguió callada. Ahora sé que muchas de mis ideas sobre sus ideas posiblemente estuvieran equivocadas, que no se puede presuponer casi nada de los otros. No porque guarden secretos que nunca compartirán con nosotros, que los guardan, sino porque las ideas que yo presumo que tienen los otros sobre lo que me concierne están contaminadas. Contaminadas por mí y por todas las cosas que me han pasado que nada tienen que ver con ellos. Todavía algunas veces, claro, me dan ganas de llamar a Corina y preguntarle: «¿Qué te pasaba conmigo? ¿Qué es lo que verdaderamente pasaba?» No porque desee ni una revancha ni una nueva oportunidad de querernos, sino por saberlo. Por ese espíritu científico y aventurero que me mueve ahora a averiguar qué me depararía el futuro si yo cambiase algunas piezas. Lo que ocurre es que la gente se resguarda y yo no sé si Corina iba a estar dispuesta a contarme ahora desinteresadamente lo que realmente pasaba entonces por su cabeza. Si es que lo sabe. Ya me explicó lo que pudo a su modo.

—¿Te parece mal que te diga esto? —pregunté ante su silencio.

—No —contestó ella.

—Es que yo creo que, si uno no está bien con alguien, debe separarse —le explicaba—. Como mi hermana, que se ha separado ya un montón de veces. Pero que engañar a la pareja no es justo. Aunque el otro no se entere y no sufra. A mí, por lo menos, no me gustaría. Preferiría saberlo. ¿Quién sabe si el marido de Esther está descontento de su relación y también querría dejarla, pero no se atreve? Si ella hablase, quizá le quitaría un peso de encima.

Contestó de inmediato y muy segura:

—No creo.

Ese tipo de cosas eran muy comunes en Corina, ya lo he mencionado, hablar con mucha firmeza de cuestiones que casi no conocía y no retractarse jamás si se había equivocado.

—¿No crees qué?

—Que el marido se quita un peso de encima. El matrimonio es difícil.

—Sí, claro. Ya me lo imagino. Bueno, ¿nos vamos este fin de semana? ¿Pido el apartamento? El pueblo está un poco destrozado, han construido mucho y a lo loco, pero la zona es preciosa. Hay unas calas... ¿Conoces el Mediterráneo?

Ella negó con la cabeza.

—Te va a encantar. Llévate bañador. Igual, con un poco de suerte, hasta podemos ir a la playa. Hay un microclima.

Asintió. Terminamos el inventario, que era una de mis estrategias para evitar que el material se despistara y acabara en la bolsa de loneta: cada semana recontábamos todas las unidades y las cuadrábamos con los albaranes de los proveedores en un cuadernito que le hacía llevar a ella. Terminamos la jornada. Y terminamos nosotros. Porque, aunque parezca mentira, ése fue el último día que la vi.

El teléfono estaba apagado o fuera de cobertura en todo momento. No tenía activado ni el buzón de voz. Enviar mensajes era inútil, pues no los contestaba y ni siquiera podía saber si le llegaban. Y plantarme de nuevo delante de su portal sabía que iba a ser infructuoso si antes no encontraba el modo de abrirme camino hasta ella más suavemente. Sin embargo, un día me rendí. Un domingo cogí a Parker, dije a mi madre que me lo llevaba a dar un paseo largo por el Retiro y luego a tomar el aperitivo con los amigos, que habíamos quedado en el parque toda la panda por iniciativa de los que tienen niños y no saben qué hacer con ellos. Era todo mentira. Metí a Parker en el coche y nos plantamos en Coslada delante de su portal. Fueron varias horas espantosas, es lo más demente que he hecho en mi vida. Creo que estaba fuera de mí. Hasta me apetecía comprar cigarrillos y empezar a fumar, como sabía que hacía ella cuando no estaba conmigo. Me entraron ganas de beber alcohol, de procurarme algo que me hiciera sentir más y que a la vez me embotara, me quitara ese dolor, y me tomé un par de dobles de cerveza en un bar que estaba enfrente y me permitía controlar el portal por la cristalera. Tuve suerte y al cabo de dos horas ella salió. Podía no haber salido de casa en todo el día o no haber vuelto hasta la noche. En ese caso no sé qué hubiera hecho. A veces pienso que no tengo perseverancia ni para mis obsesiones.

Salió con él, con el extorsionador, que ya no tenía cara de bruto ni de mafioso, sino de hombre normal, de trabajador que disfruta de su día festivo. Y detrás de él venían dos niños: un niño pequeño de unos ocho años y una niña de catorce que posiblemente quisiera ser médico pediatra cuando creciera. Los cuatro iban vestidos de fiesta. Corina cargaba la bolsa de lona que yo conocía, llena me figuro que de comida, porque sobresalían dos barras de pan y unas botellas de refrescos. Estaba contenta, muy contenta, abrazaba y besuqueaba a los niños cada poco. Luego llegaron hasta el coche, el mismo de aquel día, y los padres subieron a los hijos y les pusieron los cinturones y ajustaron los alzadores para que fueran cómodos y seguros, se ocuparon de ellos como sólo los padres pueden ocuparse de sus criaturas. Y antes de meterse en sus puestos de piloto y copiloto, él abrió el maletero y, muy galante, cogió la bolsa que ella llevaba en la mano, la muy pesada bolsa de loneta, y la colocó con cuidado, junto con su propio abrigo y el de ella, para ir más cómodos. Y la besó. Y ella se rió, porque besarse para ellos era una costumbre natural y no una novedad, como para nosotros. Y le devolvió el beso antes de abrir su portezuela y ocupar su asiento. Y mientras él arrancaba, ella se volvió y sonrió a los niños y les preguntó algo y los críos asintieron. Y cuando pasaban delante del bar creo que la niña que quería ser médico pediatra me miró, pero no estoy seguro.

No sé cómo vive su vida otra gente. Sólo sé las cosas que me han pasado a mí.

CHACRAS

Sonó mi móvil y sin mirar contesté.

—Vamos a ver cómo está Vincenzo, me he dicho, y te he llamado. ¿Cómo van las cosas? ¿Le compras o no le compras la tienda a tu madre?

Lo que me sorprendió es que fuese justo ese día. Que Blanca reapareciese de improviso al día siguiente de haberme pegado el gran batacazo con otra tía. Yo hubiera pagado por recibir una llamada así hacía apenas unas semanas; sin embargo, ahora, entre que me fastidió y me dio pena. ¿Por qué me llamaba? ¿Es que en las ondas del éter había percibido que me escapaba de su órbita? Detesto a las mujeres que te quieren tener alrededor pero no te dan nada. No es que Blanca sea de ésas, ella es una persona extraordinaria, lo digo siempre, pero aun así...

—Vente a tomar algo a mi casa —propuso—. Anda, y charlamos.

Cuando estás con una persona es fácil pensar:

«No podemos estar juntos, esto se ha acabado.» Es más difícil —normalmente es imposible— decir o pensar eso mismo cuando no estás físicamente con ella, porque es un lujo que no te puedes permitir: pensar en estar sin ella cuando estás sin ella te lacera. Eso me ocurría a veces con Blanca antes de nuestra ruptura. Cuando algunas de las últimas tardes estaba a su lado, pensaba: «No podemos estar juntos.» Y no era porque lo nuestro no fuera a ningún lado, que es algo que parece atormentar a las parejas, el destino hacia el que se dirigen. Ni creo que haya que llegar a algún lado, a una configuración física precisa: una casa, dos niños, un perro, una misma ciudad, por explicarlo esquemáticamente y que se entienda, ni creo que Blanca y yo no pudiésemos querer las mismas cosas juntos. El problema era otro.

Entre Blanca y yo había baches, piedras, íbamos juntos, pero íbamos por una carretera mala, eso es lo que pasaba. Hoy por hoy sigo sin entender por qué estaban ahí y por qué no lográbamos allanar el firme y aquietar la sensación infernal que nos producía, creo que a los dos, saber que allí estaban esas zanjas y badenes que nosotros no habíamos elegido, pero que nos hacían dar traspiés. Juro por Dios que yo puse todo mi empeño en quitarlos, en suavizar mi parte al menos, pero no se podía.

—Al final acaba contigo. Agota estar siempre

dando vueltas a lo mismo —decía Blanca—. ¿No te das cuenta? Hablar constantemente de la relación es lo que nos pone mal.

Eso afirmaba. Y era verdad. Poco a poco, vernos nos ponía melancólicos. Después, llamarnos nos ponía melancólicos. Y, por último, hasta pensar en el otro nos ponía melancólicos.

—Vicente... Mírame, Vicente.

Cuando estábamos mal me costaba mirarla. Sólo quería llorar y meterme en un agujero, a su lado, eso sí, ni un centímetro más lejos.

—Escucha, amor. —Me llamaba amor cuando íbamos a dejarlo, creo que es bastante común, los finales en realidad siempre son apasionados—. Se pueden hacer muchos esfuerzos, pero una relación basada en el esfuerzo constante acaba siendo una relación en la que no eres tú mismo. Te conviertes en una persona que finge, que disimula. Y eso agota. Esto no es para sufrir, esto es para pasarlo bien. ¿Entiendes?

Claro que la entendía, pero no pensaba decírselo. Porque ¿qué estaba yo sintiendo? Que ya cualquier cosa me hacía saltar. Y que ella estaba lejos, y yo, vacío. Poco a poco se nos había terminado la alegría.

—¿Qué te pasa, Vincenzo?

—Nada.

—¿En qué piensas?

—En nada. En que si vamos al cine luego.

Y es que no me pasaba nada, pero nada. Yo sólo pensaba en besarla y en acostarme con ella, porque era el mejor sucedáneo de alegría que se me ocurría. Por un lado no quería sentir lo que sentía, y por otro no podía hablar de lo que me pasaba, porque cuando estaba con Blanca dejaba de pasarme. Me quedaba como paralizado por dentro, congelado. Ella debía de notarlo y se congelaba un poco también. O se aburría conmigo, que es otra explicación mucho más sencilla y que requiere menos tiempo y menos espacio. Yo entonces me responsabilizaba de esa falta de alegría, de todas las piedras y del aburrimiento, pero ahora me pregunto si no había algo también en ella que nos llevaba a ese frenazo en seco cada vez que nos juntábamos.

—Tú eres un tipo estupendo y yo te quiero mucho, pero... Vicente, es mejor que lo dejemos. Anda, Vincenzo, no pongas esa cara.

Yo ahora lo explico todo muy fácilmente, pero en su momento no era así. No quería que se acabara. No podía alejarme de ella. Estaba en la pelea. En pelear por quitar las chinas y solventar los socavones del camino. Unas veces, a mano. Otras, más drásticamente, con soluciones que me permitieran fulminar nuestros problemas de una sentada, como con un rayo láser, capacidad que jamás he tenido, por supuesto, ya ves qué majadería. Y lo de los baches no es una metáfora ocurrente que yo ahora traigo aquí a colación porque me haya dado por contar todo esto. No, señora. Es una forma de llamar a las ideas, pensamientos, prejuicios, recuerdos mal digeridos que se interponían entre nosotros y que no sabíamos ni expresar ni superar ni alejar. Lo comprendí esa mañana de lunes en que me llamó. Nunca antes, ni cuando salíamos juntos ni después de la ruptura, lo había entendido, porque sólo me torturaba con mi incapacidad para interesarla y retenerla. Ahora ya no había sentimientos apasionados, ya no estaba mezclado con ella y podía analizar las cosas fríamente, desde la distancia, pero con afecto. Esa tarde, tras cerrar la tienda, fui a su encuentro.

—Anda, que tienes el cuerpo más rígido que un armario... Vamos, mueve ese chacra. Que, si no, no lo abrirás nunca, Vicente.

No sé a qué chacra se refería. El cuarto. El quinto. No entiendo de eso. Bailábamos en un club brasileño que ha descubierto ella desde que no nos vemos y que le encanta. Yo intentaba seguir el ritmo, que se me metiera dentro para no pensar en él, que es como dicen que hay que hacerlo, pero no pensaba en otra cosa que en el compás, y lo perdía. Y es que en España a los hombres, por mucho que nos guste la música, como es mi caso, no se nos educa para agitar el chacra, con lo cual me resbala un poco lo que diga Blanca sobre este punto, porque mi mal es un mal compartido y social. No obstante, durante nuestra relación, Blanca podía hacerme sentir una nulidad con este tema del baile y mi mala coordinación. Insistía en que practicáramos todo tipo de danzas digamos étnicas, como el flamenco, que a ella le gusta mucho y a mí me gustaba escucharlo con ella, pero de ahí a convertirme en un aficionado y distinguir unos fandangos de unas seguidillas hay un trecho. Un trecho que no me interesa particularmente recorrer. Bueno, cuando estaba con ella sí. Me interesaba ella y todo lo que a ella le interesara también, porque me decía cosas sobre su ser, como si el flamenco le perteneciera, como si Morente o Carmen Linares hablaran de ella y me revelaran fórmulas secretas para retenerla, para aproximarme a su alma, a esa parte inaccesible que yo a veces atisbaba y hubiera querido arrebatar como el diablo. Pero el diablo no soy yo. El diablo, cuando arrebata una alma, huye. Sabe que, con ese cargamento, es obligado correr. Porque esa alma, en seguida, va a querer volver a su cuerpo, o bien el cuerpo va a reclamar su alma, como Corina había querido volver a su vida familiar y no quedarse prendida de mí. Yo no era el diablo, yo no escondía, cuanto más lejos mejor, las almas robadas a la carrera. Creo yo que a eso se refiere la expresión, pero puedo estar equivocado. Ése es uno de mis defectos, mi mala comprensión de algunos conceptos. Y a estas alturas yo ya sabía que ésa era una gran carencia: mi falta de agilidad y de astucia. Quiera o no, siempre me dejo todas las cartas al descubierto.

Bailamos, bebimos, sobre todo yo bebí bastante, y al final conseguí no pensar en el compás y llevarlo. Según Blanca, me hice con la pista. Cuando cerraron el tugurio, porque no era más que una pequeña y avejentada discoteca con buena música y buenas caipiriñas, nos fuimos a su casa y dormimos juntos. Si hicimos el amor no lo recuerdo bien, porque tampoco tuvo importancia. Lo que sí recuerdo es que nos besamos y sus besos, que antes tanto me gustaban, fueron decepcionantes porque no eran los de Corina. Buscaba, pero no encontraba nada en ellos. No tenían emoción y sólo me hacían extrañar más a mi amor rumano. Deseé ser el tipo de persona que puede separar su sexualidad de sus sentimientos, que tiene una actitud más gimnástica hacia el sexo, pero nunca he sido así. Mi cuerpo no tiene una vida ajena a la mía y no pude disfrutar de la perspectiva del sexo con Blanca. Ya era tarde para nosotros. Habíamos regresado hacía tanto tiempo de ese país compartido que se nos había caducado el visado. Fue agradable, no obstante, despertar abrazado a ella y ducharme con un dolor de cabeza monumental en su estupenda ducha de presión, porque todo en su piso tan coqueto, tan cuidado, era de primera y funcionaba de maravilla. Como ella.

Mientras me tomaba un Espidifen en la barra de su cocina americana con vistas al salón-comedor-taller (el piso era pequeño, pero ya digo que tiene de todo y, como a Blanca le gusta hacer bisutería, pues dispone de su rincón para las artes aplicadas), me soltó la verdadera razón por la que me había llamado:

—Me marcho, Vincenzo. Me voy de España. Cierro la casa y me voy a vivir fuera.

Me quedé de piedra. La noticia me impactaba mucho más de lo que la indiferencia con la que en la noche mi cuerpo había recibido al suyo me hubiera permitido predecir. Pero así son los cuerpos y las mentes, campan a sus anchas.

—¿Dónde?

—A Inglaterra. A la casa matriz de mi empresa. Salió una vacante y..., bueno, nada me ata aquí. Mi hermano sabes que es enfermero y hace ya un par de años que se fue para allá con su mujer. Les va bien. Quiero probar cosas nuevas antes de volverme demasiado vieja y demasiado cómoda.

Inglaterra. Justamente Inglaterra. El destino que

yo había olvidado, el de los escenarios de las canciones que tanto habían significado para mí. Inglaterra. Con su té, su *fish and chips*, sus autobuses de dos pisos, sus fábricas, su volante a la derecha, sus mineros en pie de guerra, sus pintas de cerveza. Aunque yo hubiera dejado de pensar en ella, la isla mítica que yo una vez, siglos atrás, admiré seguía existiendo, y otras personas daban el paso, se atrevían a tomarla. Tenía razón Blanca. El tiempo pasaba. Ella era mayor que yo. Una mujer de cuarenta y tantos, ¿cuántas oportunidades tiene de cambio? Me sentí huérfano. Sentí que no quería que se fuera. Que me gustaba pensar en ella y que, aunque ya no estuviera enamorado, dentro de mí contaba con ella.

—No pongas esa cara. —Blanca se daba cuenta de lo que sucedía. Igual se me habían empañado los ojos sin que me percatara, me ocurre a veces—. Inglaterra está aquí al lado. Hay muchos vuelos baratos.

Esas cosas se dicen y luego no se hacen, pensé. ¿Cuántas veces había viajado yo a Inglaterra en estos años? Ninguna. A pesar de haberlo deseado tanto, ninguna. Blanca me leyó el pensamiento, o en el fondo pensaba lo mismo, y continuó con las mentiras piadosas:

—Verás como nos vemos más que aquí. Con la cosa de estar lejos nos escribiremos a menudo y hablaremos por Skype. Es divertido.

No, pensé, tú tendrás nuevos amigos, nuevos amores, nuevos espacios por los que te moverás: una oficina, un supermercado, una tintorería, la tiendecita de vinos, la farmacia, un gimnasio, otra gasolinera, un restaurante indio favorito... Y yo no encajaré en ese decorado. Me olvidarás. Pero no se lo dije. Le dije:

—Claro.

—Son las ocho y cuarto —dijo con suavidad—. Llego tarde a la ofi.

—¿Y cuándo...?

—Este viernes —contestó, ya poniéndose el abrigo.

Me levanté del taburete y le di un abrazo. Si la hubiera abrazado más tiempo, creo que hubiera llorado, pero ella se anticipó:

—No es una despedida, Vincenzo. Es sólo hasta luego.

Se separó, sonrió y me dio un beso en los labios.

—Quédate el tiempo que quieras. Tiras de la puerta y ya está. Quiero verte allí el primero. Advertido estás. *Goodbye, my darling.*

Y salió.

Ni siquiera me había dado tiempo a contarle lo de Corina, ni que lo de comprarle la tienda a mi madre no pitaba, ni lo de mi hermana y los niños viviendo con nosotros, ni...

En el metro, de camino a la tienda, con mi camisa sucia y arrugada del día anterior, pensé lo siguiente: poco antes de que muriera mi padre, Santiago Auserón dejó Radio Futura y empezó a llamarse Juan Perro. Sacó unos discos de música cubana que tuvieron mucho éxito y que no están entre mis favoritos. Ya he mencionado mi problema con los ritmos caribeño-tropicales. No puedo ni con los boleros, no te digo ya el perreo o la salsa. Lo interesante, y a lo que iba, es que Auserón dejó Radio Futura y se juntó con Kiko Veneno, y por mediación de esa amistad a éste le salió un disco que se llama *Échate un cantecito* que yo escuché hasta que se saltaron los cachitos de cromo. Cuando mi padre murió me dio todavía más fuerte por escuchar música, era lo único que me aliviaba el dolor, pero esto no viene ahora al caso. Lo que viene al caso es que en el metro pensé: yo quiero que me ocurra eso, que un amigo como Santiago Auserón (o, mejor, una mujer como Blanca) me ayude a sacar lo mejor de mí mismo y a tirar por un camino que es mi camino, el que yo llevo, pero mejorado, que alcance a más gente. El paso de Kiko Veneno de sus discos anteriores, más ásperos, a *Échate un cantecito,* un disco redondo, es un tránsito suave, natural, hecho junto a un compañero. Eso quería yo para mí, un cambio suave como el que diseñaba en mi cabeza con la compra de la tienda, la relación con Corina y la progresiva transformación de mi persona. Pero ¿quién era mi Juan Perro? O sea, mi Santiago Auserón. ¿Blanca? Blanca se iba. ¿José Carlos? No, José Carlos es muy buen tío, pero está demasiado ocupado con sus cosas. Y, además, en realidad estaba tan varado como yo repitiendo semana tras semana las mismas rutinas en esa relación sentimental que no iba ni para adelante ni para atrás y obsesionado con su trabajo. ¿Corina? Ya ves tú Corina. No. Yo estaba solo. Yo no tenía ese amigo que viene en tu auxilio, que te enseña un camino y que te da un empujón.

Esa noche paseé a Parker y me acosté temprano. Mis sobrinos todavía renegaban en el baño mientras se lavaban los dientes y negociaban para que mi hermana les dejara ver algún programa nocturno en la tele. Acostado en mi cama no tenía ganas de leer, miré al techo. Era el mismo techo de la misma habitación en la que mis padres me instalaron de niño. La habitación ha ido cambiando, claro. La silla giratoria, el escritorio, los libros en la estantería, el color de las paredes cuyo papel pintado arranqué hace siglos, los estores que sustituyeron a las cortinas, el edredón que sustituyó a la colcha de cretona, todo era distinto. Hasta esa mañana pensaba que también yo había cambiado, que el tiempo había hecho su trabajo, pero esa noche no estaba tan seguro. Me levanté y abrí el armario de los vinilos. Lo saqué. Encendí el equipo de música y coloqué la aguja con delicadeza en su surco. La melodía empezó a sonar con sus perfectos arreglos:

—*Otra noche más que no duermo, otra noche más que se pierde. Suena alegremente un piano viejo tras la puerta verde.*

Tumbado junto a mi cama, Parker me miraba muy atento con sus ojos bien negros y bien húmedos. Sentí una vaharada de amor por él que me rebosaba del pecho. Le sonreí, pero no pude evitar compartir con él mi pregunta: ¿qué pintamos aquí?

VOLVER A LOS DIECISIETE

Pasé una semana como alma en pena en la que fui consciente de que lo único que me debía importar era sobrevivir, llegar a la noche y al sueño. Los niños me ayudaron mucho. Comprendí que gracias a los fracasos sentimentales de mi hermana yo disfrutaba de una proximidad con mis tres sobrinos que otras personas no tienen. Los niños te apegan a la tierra, vuelas menos y, cuando estás como yo estuve esos días, es mejor no despegarte del suelo. Pero llegó el fin de semana y los niños se fueron cada uno con su padre, cosa difícil de conseguir porque, por lo general, que encajen las agendas de esos tres tíos es complicadísimo, y más cuando uno de ellos es argentino y sólo viene por la madre patria cuando se le canta, como dicen los porteños. El viernes, mi casa se quedó silenciosa y yo sentí el horror del vacío cernirse sobre mí. Diseñé un plan: el plan se llamaba coge la bicicleta. El domingo, al bajar por la escalera con mi bici (en el ascensor no cabe) vestido completamente para la faena con las gafas polarizadas y el casco y todo, me crucé con nuestra vecina Fátima, que echaba los siete cerrojos de su puerta para ir a misa.

—Hola, Vicente, hermoso.

—Hola, Fátima.

—Oye, que si necesitas cualquier cosa con tu madre me lo pidas. La veo bien.

—Sí, ya sé que ha bajado antes a que le pusieras el abrigo. Es que yo estaba en el baño y ya sabes lo impaciente que es.

—Para eso estamos las vecinas. A ver si esta tarde subo a verla y le hago un poco de compañía.

¿Un poco de compañía? Sonreí para mis adentros pensando en la cara de horror de mi madre cuando sonase el timbre y apareciese Fátima. A veces tengo miedo de que un día pierda la paciencia con ella y la atice. Sería gracioso de ver, pero desagradable.

—Sube, sube cuando quieras. Me voy, Fátima, que tengo un poco de prisa.

—No, si yo también tengo prisa, que voy a misa de once. Adiós, Vicente, guapo.

Es muy difícil pensar que nada tiene explicación, es duro asumir que los objetos están realmente inanimados y que nuestra vida no tiene un sentido específico, un significado profundo; vamos, que todo es azar y carecemos de alma. Fátima, seguramente, antes que aceptar una idea semejante prefiere creer que Dios o la Virgen del Carmen o san Pedro bendito están entre cajas moviendo los hilos de todo, incluidos los nuestros. Pero yo no lo logro, a mí Dios no me dice nada, y las religiones organizadas, mucho menos. Será también parte del legado de esos militantes del PCE que me criaron. Pero, aunque no crea en Dios, sí que creo en las almas. No en las almas que van al cielo o penan en el infierno y a cuyo mantenimiento la gente como Fátima dedica una misa a la semana y una novena de vez en cuando. No. Creo en otro tipo de alma. Si no creyera en las almas, en lo invisible, no me enfadaría con la vida, con los objetos, con esos hilos que mueven imperceptiblemente las cosas y hacen que la tostada siempre caiga boca abajo o que te quedes sin café en la tienda el día que más lo necesitas, según una especie de orden o de intención que va más allá de la corporeidad de las cosas. Creo en el rastro que los humanos dejamos en los objetos que tocamos, creo en la huella que unas personas imprimimos en otras, a veces positiva, a veces negativa, en ocasiones porque nos conocemos y otras sin conocernos de nada a través de una canción o un libro o una pluma bien diseñada y grata a la mano. Ésa era el alma por la que mi padre en el sueño me había preguntado, ésa y ninguna otra.

Con mi bici me planté en la sierra. Hoy no me valía con un pequeño recorrido por la Casa de Campo. ¿No tenía yo alma de caracol? Pues, hala, hasta las últimas consecuencias: La Pedriza, la ruta de las Zetas, el nombre lo dice todo. El diccionario dice que errar es equivocarse y también perderse. Así me veía yo. Deambulando por La Pedriza, equivocado y perdido, intuyendo que con Corina iba por un camino que era bueno, florido y soleado, pero que en algún momento, sin saber cómo, me había desviado y nunca más retomaría el sendero. Pedaleaba y me atormentaba reconstruyendo los hechos, repasando cada una de mis acciones, intentando recordar para detectar el error cada una de las palabras que había pronunciado ante ella. Mezclaba lo dicho con lo no dicho. Sobre todo lo no dicho y lo dicho mal. Porque daba por hecho que había un error. Pero mayúsculo, gigante. Tenía la certeza de que con Corina todo podía haber fluido de otra manera, aunque estuviera casada, aunque tuviera dos hijos, aunque me hubiera mentido, si no hubiera sido por el traspié que yo había dado. Sólo veía la sombra ominosa de mi incompetencia llenándolo todo de desasosiego. Crucé un merendero. En una mesa profusamente ocupada, un grupo de excursionistas celebraba un cumpleaños. Alguien rasgaba una guitarra y cantaba:

—Volver a los diecisiete después de vivir un siglo es como descifrar signos sin ser sabio competente...

Conocía la canción. En una época, cuando yo era muy pero muy pequeño, mi madre la escuchaba en la versión de Rosa León. El repertorio de Víctor Jara y Violeta Parra arrasaba entre los progres de los setenta, que habían participado, como mis padres y muchos otros de las artes gráficas, en la clandestinidad antifranquista.

—Volver a ser de repente tan frágil como un segundo, volver a sentir profundo como un niño frente a Dios...

Empecé a canturrear los versos, como una letanía que, sin poder oponerme, me arrastraba en su emoción.

—Eso es lo que siento yo en este instante fecundo...

Uf, venía de tan atrás, hacía tantísimos años que no oía esta melodía. Pero ¿por qué esa emoción? ¿Qué tenía yo que ver con Violeta Parra? Aparte de la memoria familiar, nada tenía yo en común con Violeta. Para empezar, ella era una mujer. Había nacido a principios del siglo xx y había tenido una vida aventurera y agitada que culminó con su suicidio a los cincuenta años, en 1967, mucho antes de que yo naciera. ¿Qué era Violeta Parra para mí? Una persona libre, pero una persona a la vez que me transmitía cierta ferocidad. ¿Por qué pensaba en ella ahora? *Después de vivir un siglo.* Esto lo entendía. Yo me sentía así. *Descifrar signos sin ser sabio competen-*

te. También lo entendía. Yo veía tantos signos últimamente y quería y a la vez no sabía cómo interpretarlos... Algo estaba pasando en mi vida, pero ¿qué? Esperaba instrucciones. *Frágil como un segundo. Como un niño frente a Dios.* Vaya con Violeta Parra. ¿Era por eso por lo que yo estaba tan triste? ¿Por lo que me levantaba con dificultad por las mañanas, el ánimo por los suelos y la nostalgia de lo que nunca será, de lo que pudo haber sido y se aleja de ti? ¿Tenía que ver con Corina, concretamente con sus manos en mis hombros, en mi costado, en mi nuca, con sus labios tan suaves, con ese beso revolucionario en el coche? Pero eso no era posible, no con esa intensidad. ¡Si yo apenas la conocía desde hacía unas semanas! ¿Cómo podía faltarme tanto algo que había tenido tan poco? Bueno, en realidad, que no había tenido casi nada. Pedaleaba y pensaba si cada pérdida me renovaba otras pérdidas anteriores, si esta tristeza de esta mañana era en realidad la tristeza de muchas otras mañanas pasadas, algunas lejanísimas, tanto que yo no las reconocía ni podía ponerles nombre. Yo lo mezclo todo, me dije, lo mezclo todo, así no se tiene dirección, no se puede llevar la contabilidad de nada porque eres como esa gente que simplemente va echando las facturas y los tickets y los albaranes y todo ahí, en una caja de cartón, me decía. Como la gente que va por la vida sin cartera, con los billetes y las tarjetas de crédito y las llaves y la calderilla y un botón que se les ha caído, todo suelto y revuelto en los bolsillos. Eso no es llevar una contabilidad, eso es un desbarajuste, un laberinto.

Me vi como un ser humano en un proceso involutivo. Todo lo que sabía comprendí que no valía para nada, y me di cuenta también de que en muchísimo tiempo no había adquirido conocimientos ni verdades nuevas. Ese ser que era yo se desplazaba convincentemente en bici por el mundo, pero... Pero no tenía ni idea de nada. Ni de cómo se trata a una mujer, ni de cómo se transmite un sentimiento amoroso, ni de cómo acercarse a una madre o alejarse de ella, ni de cómo pedir un trabajo, ni de cómo ser sincero, ni de cómo ser amigo, ni hermano, ni nada. Esto no sería tan grave si uno estuviera dispuesto a aprender; yo lo estaba, lo que no creía es que pudiera, porque ¿cómo se aprende? ¿Dónde se aprende? ¿Quién te enseña? Yo no avanzaba, simplemente me arrastraba lentamente por mi vida como un pobre caracol sin opciones. Dejé la bici. La angustia me impedía seguir. Me refugié tras una de esas peñas de roca granítica de la sierra madrileña y saqué mi exigua merienda. Yo, Don Cocinitas, no había tenido ganas ni de preparármela bien. La miré. Miré el escuálido bocata de pan Bimbo, que nunca me ha gustado, los frutos secos, y no me dieron ganas de comérmelos. Las lágrimas se me saltaban.

—Se aprende de los mayores.

—Ya.

—Los niños aprenden por imitación.

—Ajá...

Me asusté. ¿Quién hablaba? ¿Me hablaba a mí? Si era así, ¿cómo podía saber lo que yo estaba pensando? ¿O es que yo estaba pensando en voz alta y, en mi trastorno, no me había percatado? Miré a mi alrededor. No había nadie a la vista.

—Porque los niños, cuando no saben cómo comportarse, sienten miedo.

Quienquiera que fuese pronunciaba palabras que quizá, ya no podía estar seguro de nada, eran justamente las palabras que yo necesitaba en ese momento. A menos que se me estuviese yendo la cabeza y, en mi obsesión, me empezara a parecer que todo el mundo hablaba de lo mismo: de mí. Guardé el bocata en la mochila y me incorporé. No quería que quienquiera que fuese me pillara allí, en cuclillas, llorando, y tampoco quería dejar de escuchar el resto de la conversación. Atisbé por el otro lado de la peña a un grupo de pequeños *scouts* que subía resignadamente la loma junto con dos mujeres jóvenes. Me parecieron niños muy pequeños.

—¿Miedo? —repuso la que parecía inferior en la jerarquía, una monitora o pionera en prácticas, como se llamen en su jerga.

—Miedo, sí —confirmó la jefecilla, que llevaba la

voz cantante—. ¡Martín, Lucas y Candela...! No os despistéis, que en seguida llegamos y tomaremos el bocata...

Claro. Miedo era lo que yo sentía, lo que me acompañaba en ese momento. Me había acostumbrado de tal manera a ese miedo que ya no le daba ese nombre, su materia se había convertido en mi materia y vivía en mi piel y en mi musculatura, que se habían adaptado a él como un traje de neopreno. Escuché. Para que no pareciese que estaba fisgoneando, me puse a revisar la presión de las ruedas, saqué la bomba y seguí escuchando a la mujer aquella.

—Y la única manera que tienen los niños de alejar ese miedo, ese malestar, es haciendo cosas, moviéndose. Y para eso buscan referentes, así que, a falta de otra cosa, copian lo que hacen los mayores. Aprenden imitándonos en lo bueno y en lo malo. Que fumamos, fuman. Que gritamos, gritan. Porque no todo lo que hacemos los adultos está bien, ¿verdad?

La diferencia entre esos niños y yo era nula. Yo, como ellos, imitaba. La diferencia entre la salvaje y libre Violeta Parra y yo, en cambio, era enorme. Violeta habla de un instante fecundo. Yo no estaba en ningún instante fecundo. Yo estaba solo encima de una peña de granito de la sierra castellana rodeado de niños que todavía no habían cometido ningún error, aunque, al pensar en las vidas que se extendían frente a ellos y en las deformidades que podían desarrollar esos senderos tan llanitos, me daba una pena enorme por ellos. No, yo más bien podía suscribir ese otro verso: «Mi paso retrocedido cuando el de ustedes avanza.» Eso era más mío: me quedaba atrás. Era tan tonto que el único cambio que se me ocurría era ser dueño de una papelería en lugar de empleado. Ya ves tú. Volver a los diecisiete. Extirpar ese malestar. Alguien tenía que quitármelo, y yo creía que ese alguien era precisamente Corina. Que sólo ella podía reparar el dolor o la inquietud que había causado. Pero ¿qué lo había causado? Como siempre, mi incapacidad para comprender los lenguajes. Ni el lenguaje de mí mismo, el que emitía, ni el de ella. Todo para mí era un idioma extranjero sin posibilidad de diccionario con el que orientarme. Del laberinto al treinta. De nuevo en la casilla de salida.

SACRIFICIO

—

Cuando tras montar en bici me volví a subir al coche, reparé en que no llevaba el móvil. Por hacer caso de José Carlos y no meter la gamba con los SMS, de nuevo lo había dejado en silencio en el maletero. Me resultaba doloroso estar comprobando cada poco que no sonaba, no es que yo no lo oyera, es que sencillamente Corina nunca me iba a llamar. Ni para darme explicaciones, ni para decirme lo único que yo anhelaba: que me echaba de menos, que quería volver a verme. Salí y lo recuperé. Sí que tenía llamadas perdidas. Muchas. Pero no de Corina, de mi hermana Nuria.

—¿Dónde coño estabas?

—Montando en bici.

—¿Y estás sordo?

—Me lo había olvidado en el coche. ¿Qué pasa?

—¿Qué pasa? Que estás loco es lo que pasa.

Mi hermana, tan suave como siempre.

—Vente para urgencias del Gregorio Marañón, anda.

—Cuéntame qué pasa.

Uno puede imaginarse ciertas cosas y calcular cómo se comportará ante tal o cual acontecimiento, pero el envejecimiento de tus padres es algo para lo que no te preparas. Te sobreviene. Cuando ves a tus padres envejecer, cuando comprendes por primera vez que son frágiles y que sus cuerpos no aguantarán todas las embestidas, algunas sí, pero no todas, y que no van a estar siempre allí para parar los golpes, tus golpes, que habrá que volver las tornas y el cuidador ya no cuidará más, sino que será el que deba ser cuidado para luego desaparecer, puedes sentir pánico. Quizá mi caso sea más marcado porque, al morir mi padre joven, había desestimado absolutamente la idea de que mi madre también pudiera morir antes de tiempo. Un progenitor, sí. Los dos, no. Estadísticamente no. Ése era mi cálculo, mi cuenta con el destino. Y menos mi madre, que es incombustible, que le fastidia que tú te acatarres porque ella jamás tiene ni una tosecita.

Se lo había advertido. Aquella mañana, antes de coger la bici, me estaba afeitando y oí el cerrojo de la puerta chirriar. Me extrañó y me asomé al pasillo. Estaba en pelotas, así que me puse la toalla en la cintura, no me dio tiempo a más, y la vi con la correa del perro en la mano.

—Mamá, ¡¿adónde te crees que vas?!

—A por el pan —me contestó con total calma, como si fuera la cosa más normal del mundo. El perro salió del baño detrás de mí—. Ah, ahí está Parker. Ya podía yo buscarlo. Ponle el collar, anda.

—Que no, que no, que tú no vas a ningún lado. —Me interpuse entre el perro y ella.

—Voy a bajar a por el pan, que luego se acaba el de cúrcuma que le gusta a tu hermana.

—Pero ¿cómo vas a traer el pan? ¿Con qué mano? A mi hermana que le den.

Mi madre mostró su mano sana, la que no lleva en cabestrillo.

—Pues con esta mano. ¿Con qué mano quieres que lo traiga? Anda, ponle la correa a Parker, que mira cómo está.

—Está estupendamente.

—No está estupendamente. Se mea vivo.

—¡¡¡Que lo voy a sacar yo ahora!!!

—Este perro tiene la vejiga pequeña, Vicente, no aguanta. Bueno, me marcho. Vamos, Parker.

Mi madre tiene poca paciencia, ya lo he dicho, y no pierde el tiempo en discutir. Dio media vuelta y enfiló para la puerta. Tenía el abrigo puesto. Yo no sé cómo lo había logrado, pero mientras yo me duchaba y daba vueltas a mis penas, ella había conspirado para ponerse ese abrigo sin mí. Intenté hacerla entrar en razón.

—Mamá, Parker te pega un tirón, te caes y tenemos otro disgusto.

—No, señor. El perro a mí me hace caso.

—Anda, mamá, haz el favor.

Ya estábamos en el descansillo de la escalera. Ella había logrado hacerse con el perro, la correa, el bolso, y tenía abierta la puerta del ascensor.

—¿Y cómo te has puesto el abrigo?

—Fátima.

—¿Has bajado a casa de Fátima? ¿Para que te ponga el abrigo? Pues sí que tienes ganas de salir.

Realmente, mi madre tenía que estar muy desesperada si había llamado a la puerta de nuestra vecina. Muchas veces dice que, aunque no cree en Dios, imagina el infierno como una tarde infinita con Fátima.

En esto un vecino gritó:

—¿Qué pasa con ese ascensooooor...?

Yo imploré a mi madre por última vez:

—Mamá.

Mi madre miraba a Parker.

—Se está orinando la criatura.

Tuve que ceder, porque además ocurría una cosa: yo había dormido un poco más de la cuenta, así que en el fondo me convenía que mi madre sacara a Parker para poder largarme a montar en bici cuanto antes.

—Pero el pan y punto. Ni yogures, ni pasteles, ni periódico, que los suplementos pesan mucho.

Mi madre al fin se metió en el ascensor.

—Vete para dentro, hombre, que mira qué pinta llevas.

Era cierto. Con espuma de afeitar en media cara, en pelota picada y sólo cubierto por una toalla a la cintura, no estaba yo lo que se dice en la mejor situación para exhibirme en una escalera. Ése fue nuestro diálogo. Después me marché tranquilamente con mi bici y al salir me crucé con Fátima en la escalera, ya lo he contado.

—¿Le ha pasado algo a mamá?

Al teléfono con mi hermana, en el aparcamiento de la sierra, todo género de situaciones pasaron por mi mente en ese momento. Pero, si podía elegir, elegía conocerlas y no, como podía haber hecho, retrasar lo más posible el momento que lo cambia todo y en el que no podemos mirar para otro lado porque la desgracia entra en nuestra vida y nos mira ella a nosotros. Elegí saber y al mismo tiempo, en un tiempo que no se parece a nada porque es muy corto y es muy largo, rogué y rogué no sé muy bien a quién con la esperanza de conjurar lo peor.

—La cadera está fisurada. Pero ella sí, está más o menos bien. Mira que dejarla bajar al perro... Qué ocurrencia, Vicente.

Llegué al hospital vestido de ciclista, que no es,

sinceramente, un atuendo que a los hombres nos dignifique. Como la otra vez, llegaba el último. Me pareció que siempre llegaba tarde a los asuntos importantes de mi familia. Durante el trayecto en coche me había repetido: «Verás como no es nada, otros tantos meses de inmovilidad y estará como una rosa, es algo menor...» El hospital, como siempre, tenía las urgencias saturadas. Tan atestada estaba la sala de espera y tan superados los médicos, enfermeras y demás profesionales que nadie me llamó la atención cuando me escaqueé en el control para dirigirme al pasillo entre maternidad y cardiología que me indicaba mi hermana por teléfono. No había ni habitación ni box para mi madre, su lugar de recuperación era un corredor junto a otros pacientes precariamente aparcados.

—La cadera esta vez, nada menos, y alguna fisura más en las costillas —fue el diagnóstico de una traumatóloga que me parecía demasiado joven y demasiado bajita para saber tanto—. No es infrecuente —explicaba— que, al tener una lesión que obliga a cargar el peso del cuerpo de un modo desacostumbrado, se produzca un segundo tropiezo y una segunda lesión, y más en personas mayores que ya andan flojitas de reflejos.

Pero mi hermana y yo (y quizá mi madre también) sabíamos que ése no era el caso. Mi madre se había caído porque, tal y como yo había vaticinado, es decir, tal y como yo sabía que podía ocurrir y no había hecho nada para remediar, el perro había tirado demasiado de ella. Yo había calculado mal, yo me había equivocado.

—¿Quién está con los niños? —es lo primero que pregunté cuando estuvimos solos los tres; bueno, solos entre las multitudes dolientes.

—En casa se ha quedado Fátima para cuando los vayan trayendo los padres.

—Por una vez en su vida es útil —apuntó mi madre con sorna, pero con una vocecita muy débil, una vocecita que me pareció de otros tiempos, de una chica muy joven a la que yo nunca había conocido.

—Hijo, Vicente, el perro...

—¿Dónde está Parker? —pregunté.

Tonto de mí, no había pensado en Parker. ¿Dónde demonios lo había encerrado mi hermana? Era capaz de haberlo dejado en su coche sin abrir un poco la ventanilla, ni proporcionarle agua, ni nada. O, peor, atado a una farola, expuesto a que lo robase cualquiera.

—Calla, mamá, que ya te han dicho que no te canses hablando, que te dolerán más las costillas —interrumpió mi hermana. Y luego se dirigió a mí, pero sin mirarme siquiera—: Se ha escapado.

—¿Que se ha escapado? —Yo no entendía nada.

—Estábamos, Vicente, en la zona esa del parterre adonde le gusta ir —me explicó fatigosamente mi madre—, y vio una pelota rodando y tú sabes cómo es con las pelotas, salió detrás y me caí y no pude ir a por él. Lo llamé, pero no me hizo caso. Yo creo que no me oía.

—Bueno, mamá, ya basta. Es un perro. Tú ahora descansa —intervino mi hermana.

—Pero ¿cómo? No entiendo —balbuceé—. Se fue detrás de la pelota y...

—Y mamá, que es mucho más importante que tu animal, estaba tirada en el suelo sin poder moverse, y vino la gente, gente desconocida porque tú a saber dónde estabas...

—Haciendo deporte, te lo he dicho. ¿No ves qué pintas llevo? —la interrumpí. Ella ignoró mi defensa y continuó con sus acusaciones, ahora sí, mirándome a los ojos con rencor, un sentimiento muy suyo:

—...mamá estaba sola y, gracias a Dios, alguien llamó al Samur y se la llevaron.

«¡Gracias a Dios!» ¿Qué clase de expresión era ésa? ¿Desde cuándo la usaba mi hermana? Sólo la había metido para dar más dramatismo a la situación, para, como una actriz antigua y falsa, como la manipuladora que era, hacerme sentir todavía peor. Pero no me dio la gana sentirme peor.

—Ya, ¿y Parker dónde está?

Pronuncié su nombre y me entró una gran náusea. Me entró un espantoso desasosiego. Mi perro.

¿Dónde estaba mi perro? Quería verlo en ese instante. Tenerlo en ese momento en mis manos, sentir sus orejas suaves, tocar la estrella de pelo de su nuca, mirar sus ojos húmedos y sus patas de calcetines blancos.

—No lo sé, hijo, no lo sé. —A mi madre se le saltaban las lágrimas, y no era por lo que le dolían la cadera ni las costillas ni el hombro.

—Bueno, mamá, no te preocupes —le dije, mientras mi hermana me contemplaba con ojos homicidas como si yo con mis propias manos hubiera infligido este sufrimiento a mi madre—. Aparecerá. Parker es inteligente. Conoce bien el trayecto del parque a casa. Volverá.

Dije eso, pero no lo creía. No sé por qué no lo creía. Pensaba: mi perro ha muerto para que se salve mi madre. Pensé que la vida me hace cuentas, sumas y restas, negocia conmigo, y mi perro, en una de ésas, por mi descuido, por mi frivolidad, porque sólo pienso en Corina y en follar, ha pagado mis deudas.

—Y si no vuelve es lo mismo —sentenció mi hermana con su mala sombra habitual—. No sé para qué tenéis perro. No da más que problemas. Te advierto una cosa: como lo hayan llevado a la perrera, lo sacrifican.

—Cállate. —No pude decir más, me temblaba la voz—. Cállate, Nuria.

Se calló. No quería mirar a mi hermana, porque sentía la ira apoderarse de mí y le hubiera asestado un guantazo en esa cara suya, siempre descontenta cuando está con nosotros. Miré a mi madre, tendida en aquella cama alta con barandillas, y le cogí la mano: con su pelo gris despeinado, cada día más ralo, sus bolsas en los ojos, sus manchas en la piel, poco a poco se convertía en el topito indefenso que tan bien había descrito mi sobrino. Mientras yo estaba compadeciéndome de mí mismo en la sierra, el topito ciego había errado el camino de nuevo. Vale que por fortuna no era muy grave, pero quería decir que envejecía, que se fugaba. Al igual que mi perro hoy, esa mujer mayor que era mi madre un día desaparecería de mi vida. Pensé en Parker, en cómo sería no verlo nunca más. Necesitaba salir del hospital, quería correr a buscarlo. Sentía ganas de vomitar, de expulsar aquel pensamiento tan espantoso, pero tenía que aguantarme. Notaba un vacío punzante en el pecho, una angustia que no había sentido desde la muerte de mi padre. Sentía miedo; es más, sentía pánico. Como los niños aquellos de La Pedriza, los pequeños *scouts*, ante el miedo necesitaba actuar, moverme. No podía soportar por más tiempo ese pasillo angosto:

—Mamá, tengo que irme. Tengo que encontrar a Parker.

—Claro, hijo, claro.

Y lo hice otra vez. Me agaché, igual que las dos hermanas, y la besé. Y me gustó hacerlo, sentirla cerca de nuevo, y sé que a ella también. A mi hermana ni la miré. Salí del hospital, esta vez sí, no como el alma amedrentada y morosa del caracol, sino como alma que lleva el diablo, el alma inocente, leal, alegre, imperturbable y arrebatada de mi perro.

EL CIELO PUEDE ESPERAR
—

—¿Eso es un pijama?

Mi sobrina Amelie me miraba desde el pasillo mientras yo me lavaba los dientes en el baño. Me miré. Como parte de abajo llevaba unos calzoncillos térmicos largos llenos de bolas, y por la de arriba una camisa vieja de mi abuelo completamente desgastada. Yo soy así, cuando duermo tengo frío por los pies y calor por el cuerpo.

—Pues qué feo —añadió la niña sin asomo de mala conciencia.

Dormir con pijamas ajenos es otra de mis costumbres. No es porque sea fetichista ni mitómano ni nada por el estilo, es que me da lo mismo. Cojo una prenda de por aquí, como una camiseta de unas promociones de suavizante de mi hermana, otra de por allá, como un pantalón de mi padre o una camisa de mi abuelo, y hala, compongo el pijama. No me lo explico muy bien, pero es cierto que considero el sueño un estado muy especial. Te metes en la cama, apagas la luz y aceptas afrontar indefenso lo que traiga la noche sin saber lo que pasará dentro de ti en esas horas. Igual por eso me creo que dormir se hace mejor vestido con prendas de otros, protegido por esa capa mágica, la que llevaron ellos en otros dormires. Además, algunas veces en los sueños se pueden dar reencuentros con esas mismas personas del pasado que ya la muerte o el tiempo alejaron de tu vida. Entonces, sus prendas te auspician diciendo al revestirte algo así como: «Yo soy ese que conociste y mira lo que traigo. No te he olvidado. No nos he olvidado.» Pero, en fin, todo esto era muy largo y farragoso para explicárselo a una niña.

—¿La abuela no viene a dormir?

—No, Amelie, hoy la abuela duerme en el hospital.

—¿Y mamá tampoco?

—No, tu mamá se queda con ella.

—¿Y Parker?

Había dado vueltas durante horas con el coche por todo nuestro barrio, por los barrios adyacentes y, lo más terrible de todo, por la M-30, donde yo temía que en algún arcén podía hallar su cuerpo inerte. Pero su cuerpo no estaba. No había rastro de mi perro, ni vivo ni muerto. Lloré. En el coche sollocé, no me da vergüenza reconocerlo. La culpa no me dejaba tranquilo: si yo hubiera sacado a Parker en lugar de mi madre, si yo no hubiera remoloneado en la cama esa mañana, si yo no hubiera tenido esa prisa egoísta por subirme a la sierra con la bici, si yo no hubiera estado tan ensimismado con Corina... Si yo... Cuando llegué a casa me rehíce, porque estaban los niños y porque estaban mis pijamas viejos y descabalados que, en el fondo, me procuran tanto consuelo. Antes de Parker tuvimos otro perro, se llamaba Montblanc. Se murió de viejo a los dieciséis años. Bueno, se murió de un tumor maligno en el hígado, pero porque era viejo. Me tocó a mí llevarlo a sacrificar, cómo no. Y fue triste y duro, pero esto era muy distinto. Mi perro era una víctima inocente del desorden de mi vida. No soporto el desorden, ya lo he dicho, me tengo por un tipo organizado, y sin embargo mi vida, bajo esa apariencia de calma, no era más que un gran desbarajuste completamente desencuadernado. Alma de caracol. Yo nunca antes del sueño me hubiera descrito de ese modo, pero cada día tenía nuevas pruebas de que así era yo. Un tío como un caracol. No sólo por fuera, sino por dentro, que es mucho peor. En su alma. Mi alma. Un tío con una papelería por fuera y una masa informe por dentro. Mi padre me había avisado en el sueño: ¿dónde estaba mi alma? ¿En qué la había puesto? ¿O se la llevó el diablo? En nada. No la había puesto en nada. Yo estaba a medio hacer, vivía una vida que no me correspondía, una vida propia de un ser viscoso, no vertebrado... Una vida que intentaba repetir la de otros, la suya, cuando yo no valgo ni la mitad. Pensar de uno mismo que no vale ni la mitad que su padre no es el mejor pensamiento para irse a la cama, pero, tras arropar a los niños, así es como me acosté. No había una sola cosa de la que pudiera sentirme orgulloso. Dormí mal y poco. En lugar de dormir, recordé.

—Vicente...

—Sí.

—¿Qué haces?

—Ver la tele.

—Que tu madre ya ha salido. Que ha dicho que la esperes en la puerta del Galerías Preciados de Goya. ¿Sabes cuál es?

—Papá, ¿a que no sabes qué peli estoy viendo?

—Hijo, no llegues tarde, que ya sabes luego la mala leche que se le pone.

—*El cielo puede esperar.*

—Ah, qué buena. Warren Beatty. Pues no vas a poder terminarla. ¿La estás grabando?

—No. Es que no había cintas.

—Tenemos que comprar. Acuérdate y compras. Qué guapa Julie Christie, ¿verdad?

—Guapísima.

—Hala, Vicente, vete. Un beso.

—Un beso.

—Oye.

—¿Qué?

—Que no me compréis nada caro, que a mí me da lo mismo el regalo. Que te compres tú algo que te guste. Y fíjate a ver qué cosas le gustan a mamá, pero no digas nada. Luego ya otro día vamos tú y yo. Venga.

—Adiós, papá.

—Hasta luego.

Cuando acabamos las compras acompañé a mi madre al autobús. Yo había quedado con mi novia Lourdes, esa por la que tanta ilusión tenía y de la que tan seguro me sentía. Y luego, lo que me hizo sufrir. Puede que la ilusión sea proporcional al sufrimiento, al fin y al cabo ilusión, según el diccionario, no significa otra cosa que espejismo, delirio, alucinación, y el contraste con la realidad puede ser doloroso. Fui a casa de Lourdes y apenas llevaba unos minutos con ella cuando sonó el teléfono.

—Es para ti.

—¿Para mí?

—Sí. Tu hermana.

Me extrañó, pero mi hermana siempre ha sido tan pesada y tan cargante que me preparé para cualquier ocurrencia inopinada de las de ella.

—Menos mal que te encuentro —me dijo—. ¿Y mamá?

—En el autobús —le contesté, pensando que me iba a caer una bronca importante por no haberme vuelto con ella derecho a casa y haberla dejado sola con los paquetes de los regalos.

Y es que en el fondo era así, me había escaqueado. Cuando estás enamorado y tienes diecisiete años, lo normal es eso, que nada sea tan importante como estar cerca de tu novia, cerca de su cuerpo y de su voz. A mí me gustaba todo de Lourdes. Cuando me declaré y ella me dijo que me correspondía, sentí un temblor que me subía de los pies hasta la cabeza y me tuve que sentar. Mi hermana no dijo ni mu de los paquetes. Mi hermana todo lo que dijo fue:

—Pues me voy a esperarla a la parada, y tú vete para el centro de salud, que papá se ha puesto malo.

—¿Cómo que se ha puesto malo? —le pregunté yo—. Si he hablado con él a las cuatro y estaba en la imprenta perfectamente.

—Pues se ha puesto malo. Me ha avisado Antoñito. —Antoñito es uno que tenía un quiosco junto a la imprenta; el quiosco ya no está, se venden pocos periódicos—. Que papá le ha dicho que no se encontraba bien y que se iba a que le viera el médico, y como no estábamos nadie en casa, que echara él un ojo por si venían a recoger un encargo.

—¿Y tú dónde estabas? —pregunté yo a mi hermana, que se supone que tenía que estar estudiando.

—¿A ti qué te importa? —me contestó ella. Así

era mi hermana ya entonces—. Bueno, ¿te vienes para acá o qué? Parece que a lo mejor le tienen que ingresar.

—Pero ¿qué le pasa? —pregunté yo, que no entendía nada.

—Pues no lo sé, pero está en urgencias y seguramente lo ingresen.

—¿Cojo una muda entonces? —pregunté.

—Haz lo que te dé la gana —me dijo mi hermana, y colgó.

Vamos a ver, a mí no se me pasó por la cabeza en absoluto que lo que le pasaba a mi padre fuera grave. Yo pensé en lo tremendamente soporífero que es pasar una noche en urgencias aparcado en un pasillo, y le pedí a Lourdes que me prestara alguna novela entretenida para mi padre, que era buen lector. Lourdes me dijo: «Coge la que quieras», y yo escogí una trilogía ambientada en la República que me pareció amena para mi padre, a quien tanto le gustaba la política. De hecho, recuerdo haberme tomado unos minutos más de la cuenta en elegir la lectura, lectura que a saber durante cuántas horas pesadas y aburridas nos iba a tener que entretener a los dos hasta que a mi padre le dieran el alta de la cuestión por la que le mandaban a observación. Muchas veces he vuelto a pensar en esos minutos de deliberación ante las estanterías de aquel salón, en mi ignorante parsimonia... Muchas veces.

No recuerdo cómo llegué al centro de salud. Imagino que fui tranquilamente, ya digo, pensando en cualquier otra cosa. Pero cuando llegué en la puerta había una UVI móvil, y eso un poquito sí me escamó. No es frecuente. Entré por la puerta de las urgencias, porque para esta hora ya eran más de las nueve y las consultas como tales estaban cerradas, y me encontré con mi hermana, mi madre y algunos vecinos, además de Antoñito, el quiosquero. Se ve que, ante el desconcierto de no encontrarnos a nosotros, se habían llamado unos a otros.

—¿Qué pasa, dónde está papá? —pregunté.

—Dentro —contestó Antoñito—. Lo están atendiendo los médicos.

Mi hermana tomó la palabra:

—Estaba aquí de pie con nosotros: que no nos preocupáramos, que no es nada, y de repente se ha mareado y, ¡pum!, se ha desmayado. Lo han metido para dentro. Por lo visto se ha sentido raro en la imprenta y se ha venido andando para acá. Como había ido a la tienda sin coche y a nosotros no nos encontraba, pues andando, con la caminata que es... ¿Tú te crees?

De dentro no salía ningún ruido, no se oía la poderosa voz de mi padre, gastando bromas, quitando importancia a las cosas o dando instrucciones, como hacía siempre. No se oía nada. Ni a los médicos. Yo miré a los vecinos y a mi madre y a mi hermana, y de nuevo especulé con el traslado al hospital, la noche que pasaríamos en las urgencias públicas, siempre saturadas... Nuestros amigos tenían un gesto más sombrío que el mío o el de mi madre, que no era nada sombrío, era de asombro. Ella acababa de llegar poco antes que yo y no decía nada. Aun así yo sólo pensaba en la novela que había elegido, y si había acertado y sería buena o Arturo Barea iba a resultar un truño espesísimo.

Al poco, el médico, que era joven y al que conocíamos porque era el médico de cabecera de todos, nos dijo que pasásemos dentro. Pasamos mi madre, mi hermana y yo. Y nos hizo sentarnos. Entonces fue cuando ocurrió. Nos dijo que mi padre estaba muerto. Supongo que no lo dijo así. Supongo que dijo algo así como ha sufrido un fallo cardiovascular irreversible, hemos intentado reanimarle, pero no se ha podido hacer nada: ha fallecido. Ésas son las palabras que usan normalmente: «Ha fallecido.» El médico estaba afectado. Un médico de familia, al fin y al cabo, que se limita a pasar consulta en un centro de salud y es joven, al principio de su carrera no está acostumbrado a que se le mueran los pacientes entre las manos. Y menos los que entran por su propio pie porque vienen de su imprenta.

Pero a mí me importaba un huevo que el médico estuviera afectado, que fuera joven o viejo. En ese momento yo sólo pude decir a mi madre, creo que gritando:

—Mira lo que dice este médico, mamá, es un mentiroso, ¡dice que papá se ha muerto!

Eso sí lo recuerdo muy bien. Que el médico me pareció un mentiroso. Que la noticia me resultaba atroz e increíble, y que el pasillo aquel estaba en penumbra porque los trabajadores habituales ya se habían marchado, habían apagado y éramos los únicos ocupantes de un ambulatorio cerrado.

Y creo que fue mi madre la que me repitió suavemente: «Sí, hijo, papá se ha muerto», o pronunció algo que me hizo creer que mi padre realmente había dejado de vivir, que es lo que es la muerte. Y entonces yo grité con mucha desesperación porque no veía sentido ni salida alguna a aquella situación tan extraña, tan improbable, tan estrambótica, tan inconcebible:

—¿Y qué vamos a hacer ahora? ¿Qué va a ser de nosotros?

Pero nadie me dio respuesta a esta pregunta.

No sé si lloré. Lo que sí sé es que muy pronto estaba de nuevo en la sala de espera con los vecinos y que a mi hermana le tocó ir a hacer los papeles con los de la funeraria porque el hijo del dueño había sido compañero de ella del instituto y porque para algo es la mayor. Mi madre y yo no sabíamos qué hacer ni cómo se hacía lo que hubiera que hacer, no tener padre, no tener marido, pero tampoco llorábamos. Recuerdo haber llamado a Lourdes desde la cabina de las urgencias (antes siempre había un teléfono de monedas en las urgencias) y haberle dicho:

—Mi padre ha muerto.

O quizá:

—Se ha muerto mi padre.

No lo podría precisar.

Sé que en algún momento salimos de allí y nos fuimos a casa. Pero yo estaba preocupado porque me parecía mal haber dejado solo a mi padre, aunque me explicó el médico que iba a una cámara en el tanatorio. Que mi padre estuviera en una nevera en un tanatorio no me parecía algo que yo, como hijo, debiera consentir. Dudé si lo adecuado no era velarle toda la noche, como había visto en las películas que se hacía antiguamente. Me parecía que estar solo en una cámara refrigerada de un tanatorio no era un buen final, no era un final. Era un parche.

Lourdes se reunió conmigo y dormimos juntos en casa de mis padres, que es algo que jamás habíamos hecho ni nos hubiéramos atrevido a plantear. Dormimos juntos en mi cama, que es individual, con mis sábanas de estudiante, mis sábanas listadas de toda la vida, pero yo no pude dormir, pensando en mi padre en una nevera, tumbado, inmóvil, y si había hecho bien en aceptar aquello. Mientras no dormía, en mi cama, junto al hermoso cuerpo de mi novia, que ahora yacía a mi lado como nunca lo había hecho antes, como yo había deseado tantas noches, mi cuerpo me resultaba una carga, mi cuerpo se iba alejando de mí. Una sensación incómoda y angustiosa me apretaba el estómago en la oscuridad de mi cuarto, de la casa en silencio, cada uno en su cama, mi madre en la suya, por primera vez sola, mi hermana en la suya, mis tías en el sofá, todo tan convencional y tan ridículo. Todos guardando las apariencias como autómatas, durmiendo como cada noche en la noche que no es como ninguna. Todo era grotesco, pero hacíamos los movimientos como se esperaba. Dormimos un poco al final porque dormir también es escapar. Supongo que al levantarnos tomamos café y que alguien lo hizo, quizá Lourdes, o quizá nadie hizo nada, porque con el amanecer ya no hicimos más cosas risibles. Nos vestimos. Alguien se lo tenía que decir a mi tío, el hermano de mi padre, y alguien se lo tenía que decir a mi abuela, su madre, y fui yo con mi tío por la mañana a anunciárselo, porque mi abuela estaba muy unida a mí y en mí confiaba, pero no recuerdo con detalle las palabras que usamos. Todo lo que hice rutinariamente esos días se ha borrado. Creo recordar a mi abuela sentada en la pequeña mesa camilla junto a la ventana donde normalmente tejía y observaba la calle, pero sin hacer labor, en camisón y bata, con su permanente un poco aplastada por la almohada, mirando al suelo desconcertada, sin llorar, sin pena, sólo incrédula y estafada, derrotada una vez más, ella, que se quedó viuda tan joven, que perdió a su marido cuando sólo tenía cuarenta y un años. Estafada, como me había sentido yo mismo la noche antes.

Aunque era diciembre, yo no tenía frío, y en el tanatorio los amigos de mi padre, que vinieron en tropel, me decían: «Te vas a poner enfermo.» Pero yo no sentía frío y el abrigo me molestaba. Había demasiadas cosas que hacer. Yo quería que la despedida, o lo que fuera aquello de mi padre, estuviera bien, y la gente, atendida. Y me movía de un lado para otro, recibiendo a unos, despidiendo a otros. No recuerdo dónde estaba mi madre, ni su rostro, ni el de mi hermana. Sólo recuerdo a los visitantes. El barullo de gente. Y a mí muy ocupado bajo el sol frío en un sálvese quien pueda.

Pero antes del tanatorio, antes de abandonar en la mañana más extraña la casa de mis padres, con café o sin café, quién sabe, fui a su imprenta, que era el último lugar del que él había salido. Mi padre tenía buen gusto y su imprenta era un lugar agradable con pósteres bien diseñados, serigrafías y así. Al entrar, lo primero que me sorprendió fue la radio encendida y el calor. La bomba de aire caliente llevaba puesta desde el día anterior por la tarde. En la radio, como si tal cosa, despreocupadas voces leían las noticias. Entonces miré su agenda y vi la cita que tenía esa mañana con un editor para darle presupuesto. Apagué la calefacción, apagué la radio y llamé al editor, que además era su amigo, y le dije que no iba a haber reunión porque mi padre había muerto. Y el pobre hombre se quedó tan mal y tan incrédulo y desorientado que me dio pena y casi podía ver su cara al otro lado del teléfono. Puedo imaginarla todavía. Puedo ver mucho más claramente la cara que no vi esa mañana al otro lado del teléfono que la mía propia. Como el editor, también me darían luego pena los amigos de mi padre que fueron apareciendo poco a poco por el tanatorio. Me daban más pena ellos que yo mismo o que mi padre, que ya no vivía y que había dejado las cosas sobre su mesa a medio hacer: el ordenador encendido toda la noche, la música sonando, la pluma Montblanc sobre las pruebas que estaba corrigiendo, el aire climatizado prendido sin interrupción. Despreocupados objetos pendientes de un hilo, pendientes de la vuelta de su dueño, que nunca se produciría.

Veinte años después, mi madre en el hospital, mi perro desaparecido, no podía dormir y se me ocurrió que fueron precisamente esos objetos los que me llamaron. Aunque quizá la semilla estaba ya en mí, porque dicen que todo lo que somos y cómo nos comportamos se define, en lo esencial, en la primerísima infancia, fueron esos objetos, que esperaban inútilmente a quien les había dado su uso y sentido hasta entonces, los que me empujaron a adoptar el papel que he desempeñado hasta ahora: el del mediador que interviene entre los objetos de un muerto y su ausente vida.

El cielo puede esperar. Sonó el despertador, todavía no me había dormido y caí en que no había vuelto a ver nunca esa película.

FORAJIDOS

Una bomba atómica que lo arrasaba todo había caído en mi vida. Mis preocupaciones de antes me parecían ridículas o no las recordaba. No podía pensar en otra cosa que en mi perro. ¿Dónde estaría pasando la noche Parker, mi Parker? ¿Y en qué condiciones? He oído muchas veces que hay quienes roban perros grandes como el mío para peleas ilegales donde los dejan morir. He oído también que hay gente que los encuentra y se los lleva a su casa sin dar parte para adoptarlos como propios. Ésta era la mejor opción, en el fondo: aunque no volviera a verlo, al menos que mi can estuviera con una familia que lo quisiera. Eso pensaba mientras me vestía. Tras la noche insomne estaba agotado y el día sólo había empezado.

—Un ratito más... Porfisss...

—Tío, que hoy tiene gimnasia. Acuérdate de ponerle el chándal.

—Tito, el bocadillo de ayer estaba muy rico. ¿Me lo puedes hacer igual hoy?

—Ay... que me tiras del pelo. Sí que lo has hecho aposta. Te he visto.

—Tío, la leche casi se sale. Mejor le pongo fría a Amelie que si no, no se la bebe.

—¿No quedan cereales? Yo quería cereales. Te has tomado mis cereales.

—Tío, ¿has visto mi compás? Estaba con el libro de mates.

—Yo no lo he cogido. Tito, te prometo que yo no lo he cogido. Siempre dice que he sido yo, pero yo no he sido.

Al enfrentar solo la rutina contra reloj de levantar a mis tres sobrinos, escuchar sus protestas (Amelie odia madrugar), vestirlos, darles de desayunar, mediar en sus peleas, prepararles los bocatas y llevarlos a sus coles (diferentes edades, diferentes colegios), sentí una fuerza que me sostenía. Con sus vocecitas todavía en mi cabeza, con todo el impulso imparable de sus tres vidas de niños tan pegados a la tierra, me sentí rico y llamé a la policía municipal. Había llamado varias veces el día anterior sin obtener ninguna información: nadie había notificado un perro extraviado y sin collar en las calles de Madrid. Pensé que durante la noche habría cambiado el turno y quien me atendiese por teléfono no sería la misma persona y, por lo tanto, no pensaría que yo era un pesado. La opinión de los otros seguía siendo importante para mí, seguía siendo algo que me daba casi tanto miedo como la pérdida de mi perro. Casi. Pero no del todo. Aquella nueva pujanza, aquella nueva riqueza que era la vitalidad contagiosa de los niños, el vivir por vivir, por respirar, por sentir la sangre en mi cuerpo, me decía: tienes derecho a saber, a que te ayuden, a preguntar tantas veces como te dé la gana. Marqué los números y una mujer policía dijo unas palabras que sobresaltaron mi corazón:

—Un momento, parece que ha habido un incidente con un bóxer esta mañana.

Parker es un bóxer.

—A ver, le paso con atestados.

Mi corazón latía a un ritmo brutal perceptible con sólo posar la mano sobre mi jersey.

—Buenos días.

—Buenos días. ¿Es usted el dueño de un bóxer?

Después de correr desaforadamente tras la pelota ajena, Parker había vagado desorientado y se había refugiado en un garaje cerca de casa, donde había pasado la noche. Cuando muy temprano en la mañana el primer usuario había abierto la puerta, mi perro había salido y se había encontrado de bruces con una señora que paseaba a otro can. Se habían gruñido y se habían enzarzado en una pelea. La señora había intentado separarlos y se había llevado una dentellada. Parker estaba ahora en la perrera, digamos que detenido, pero sano y salvo.

Era lo más extraordinario que me había ocurrido jamás y en ese momento supe que, aunque durante treinta y siete años me hubiera tenido por un tío optimista, nunca lo había sido, nunca había creído de verdad que quien me había abandonado pudiese retornar, que lo perdido pudiera volver a mis manos. Sin embargo, a pesar de mis nefastas creencias, de mi callada desconfianza, mi perro vivía. Tendría que hacer muchos papeleos y diligencias, declarar, resolver el problema de su chip (parece que el chip electrónico que lo identifica no estaba debidamente tramitado y de ahí que tampoco hubieran podido localizarme por esa vía), esperar a que la señora atacada prestase declaración y decidiera si denunciarme o no, en cuyo caso todo pasaría a manos de un juez y habría un juicio, pero nada de eso me importaba. ¡¡¡Mi perro volvería conmigo!!!

La mañana en la papelería se me hizo muy larga, pero larga de una manera alegre, sólida, larga de una manera en que no podía, como tantas otras mañanas, escaparse ni desbaratarse entre mis manos. Y empecé a pensar. Se me ocurrió que, al morir mi padre, los tres supervivientes —porque eso en definitiva es lo único que éramos mi madre, Nuria y yo, supervivientes de una catástrofe— nos convertimos en una especie de forajidos. Los forajidos huyen de la ley, no pueden detenerse a construir el futuro porque no encuentran su sitio en un sistema injusto y muchas veces son forajidos a su pesar. Como forajidos, era poco lo que podíamos hacer, salvo seguir escapando, siempre adelante, cada uno por su camino en la escarpada Sierra Madre. No éramos de gran utilidad los unos a los otros y apenas podíamos vigilar que el compañero no cayese en manos del malvado y corrupto *sheriff* del condado que era la depresión, una pena oscura y vacía que te apresa. Si alguno caía, habría que hacer un intento por rescatarlo, aunque en ocasiones esto podía ser una operación imposible, pues ponía en riesgo tu propia integridad. Nuestros tres caminos se cruzaban en esa tristeza a veces, pero nunca se encontraban. Sin embargo, era bueno saber que el otro estaba allí, en otra habitación de la casa, también con su aflicción. Que simplemente estaba y velaba para que no fueses a parar, en un descuido, al calabozo de ese *sheriff* del que he hablado, que no tiene moral ni principios. Quiero decir que una familia que atraviesa un proceso de duelo está bajo las reglas de un naufragio: sálvese quien pueda. Cada uno aplica sus poco ortodoxos sistemas para huir de la muerte, de la presencia de la muerte ajena y de la propia también, porque la tentación de abandonarse es mucha. Ahora soy adulto y comprendo las decisiones de mi madre de ese tiempo: volcarse en la tienda, mantenerse ocupada, no pensar más de lo necesario para no ser derribada. Una estrategia a menudo fallida, a menudo sucia, a menudo improvisada, como la de un forajido.

Pensé también que, para mi hermana Nuria, el proceso había sido diferente. La muerte de mi padre tardó más tiempo en caerle encima. Se dedicó a salir por las noches, a empalmar un novio con otro, a cual más desastroso o más insignificante, supongo que a tomar drogas y a beber demasiado. Y sólo dos años después, un día cualquiera, sucumbió a manos del *sheriff*. Entonces estuvo encerrada en esa celda mísera de la que no quería salir, pero no sabía que no quería, hasta que mi madre, un día, la rescató.

Habíamos comido en casa de mis tíos. Fue una comida agradable. Ahora ya no hacemos ese tipo de comidas, pero entonces la familia estaba pendiente de nosotros y nos invitaban con cualquier excusa. Hablamos con mis primos de libros, de lo que estaba leyendo cada uno. Varios estaban leyendo una novela de Almudena Grandes que era la de moda del momento. Mi hermana estuvo toda la comida callada, ella que es una cotorra, que si no opina revienta. Nos miraba, con un poco de asombro, con extrañeza, y no decía nada, mientras los demás charlábamos animadamente sobre las virtudes y los defectos de la trama o de los personajes. Charlábamos frívolamente, como se puede charlar perfectamente después de que alguien fundamental ha muerto. Es extraño, pero esa viveza se necesita y aparece espontáneamente si uno se lo propone. El mundo sigue andando. Los escritores siguen escribiendo y los impresores imprimiendo y los libreros vendiendo y la gente leyendo para no sentir o para sentir más y llegar así a comprender por qué alguien esencial ha muerto. Cuando volvimos a casa, mi madre preguntó a Nuria:

—¿Qué te pasa? ¿Por qué has estado tan callada en casa de los tíos?

Mi hermana se encogió de hombros. Mi madre insistió:

—¿Estás enfadada?

Nuria, por una vez, ni se defendió ni atacó, simplemente contestó:

—No entiendo el periódico.

—¿Cómo que no lo entiendes?

—Cuando intento leerlo no entiendo las palabras. No me entra nada en la cabeza. Esa novela que decíais, no sé de qué hablabais.

A la mañana siguiente, mi madre consultó a una psicóloga que era clienta de la papelería y así es como mi hermana Nuria empezó a ir dos veces por semana a terapia. La terapeuta, o el tiempo, la liberaron de su mazmorra. Y ahora es como es: no lee el periódico, pero no porque no lo entienda, sino porque dice que la política le resbala y que los políticos son todos unos caras. Ella es muy así, de lugares comunes.

Lo que yo me pregunté esa mañana en mi papelería es si quizá, tanto tiempo después de aquella triste noche prenavideña en que perdimos a mi padre, no seguíamos siendo forajidos. Si yo no seguía huyendo resguardado en el maquis porque todavía pensaba que ese *sheriff* corrupto me podía dar alcance. O porque ya tenía la costumbre y no sabía actuar de otro modo. O porque deseaba frenar el tiempo para no traicionar al ausente: si el tiempo no avanza, la muerte no existe. Pensé si lo que hacía en aquella papelería todos y cada uno de los días desde hacía casi veinte años no era guardarle el sitio a mi padre, quedarme en los diecisiete, porque, como en el sueño, también en la vigilia todavía creía con firmeza, a pesar de mis treinta y siete años, que él un día volvería. Entendí entonces que dejar la casa de mi madre, comprar la papelería, irme de viaje o echarme una novia, cualquier opción que eligiera, de poco me iba a servir si no liquidaba al *sheriff* deshonesto que no es otra cosa que el miedo. Tenía que averiguar si de verdad era ésta la manera en la que quería que transcurriera el resto de mi vida, o si por el contrario estaba, como la Bella Durmiente, dormido y esperando que alguien —por ejemplo, mi padre en un sueño— me despertara.

MIEDO

Me gusta conducir. Fue el eslogan de un anuncio de coches, pero es que a mí me ocurre. Me gustan los viajes largos en coche. Este trayecto con mi madre en mi Ford Focus no tenía que haber sido largo, pero como había un atasco del demonio, fue como si hubiera ido a buscarla desde Toledo hasta Segovia y vuelta. Le habían dado el alta. Mi hermana trabajaba, y al cerrar la tienda me presenté en el hospital. Si antes con el brazo en cabestrillo moverse le resultaba complicado, ahora con la cadera fisurada por dos sitios y las costillas maltrechas todavía era más dificultoso. Me hice con una silla de ruedas que me proporcionó, cómo no, Fátima. Había pertenecido a sus ancianos padres. Ahora yo empujaba en esa silla a la mía.

—Qué bien lo de Parker. Estaba muy preocupada.

—Sí, mamá, por lo menos ya sabemos dónde está.

—¿Y le hizo mucho a la señora?

—No lo sé. La policía no te da información de la otra parte.

—Cuánto lo siento, hijo.

—No pasa nada, mamá. Lo principal es que lo hemos encontrado.

Se quedó pensativa.

—Ahora sí que no voy a poder volver a la tienda —dijo al rato, cabizbaja.

—Mamá, te pondrás bien.

—Me hago vieja. Tenías tú razón.

Me causó mucho pesar oírle eso. Si mi madre me daba la razón, las cosas dentro de ella estaban mucho peor de lo que pensaba. Mi madre, siempre reservada, siempre beligerante, la mujer que no quería molestar y, a base de ser distante, lo lograba, se rendía. Quise consolarla. Mentí:

—Ha sido una casualidad. Me podía haber pasado a mí exactamente lo mismo.

No aceptó mi mentira. Con ella las mentiras no cuelan.

—He estado pensando, Vicente, porque en los hospitales no se pega ojo y se piensa mucho, que si quieres quedarte con la tienda, te la quedas. No me tienes que pagar nada, hijo. Lo mío es vuestro. Te arreglas con tu hermana.

—Tú necesitas tu dinero, mamá.

—¿Para qué? Yo ya cada vez voy a necesitar menos.

Me callé. Pensé que, si hablaba, la voz traicionaría mi emoción y ella notaría que me asustaba.

—Llama al notario. O al banco. O por donde quieras que empecemos. Organízalo. Y a tu hermana no le hagas caso. Ya sabes que le gusta protestar por todo, pero luego se aviene.

Ya estaba. Tenía la tienda. ¿No era eso lo que quería? Me di cuenta de que no, así no, no de esa manera. Unas palabras extrañas salieron de mi boca:

—No puedo frenar el tiempo.

—¿Cómo? —Mi madre no me había entendido.

Yo tampoco sabía si me entendía a mí mismo, pero mi voz siguió hablando. Quizá mirar hacia delante, al tráfico, a los taxistas que hacían pifias, a las motos que serpenteaban entre los coches, al guardia que no se sabía si ayudaba a la movilidad o la perjudicaba, quizá todas esas distracciones que me evitaban tener que mirarla a los ojos me servían de protección para compartir una intimidad que nunca antes había compartido con la mujer con la que vivía desde mi nacimiento.

—Que lo intento, mamá, pero no puedo parar el tiempo. Por más que me esmere, las cosas cambian.

—Claro, hijo, claro que cambian. Afortunadamente.

Guardé silencio. Mi garganta ardía, me iba a ahogar, pero si hablaba, sería peor. Sollozaría. Y la que tenía derecho a sollozar era ella, con su silla de ruedas en el maletero, no yo.

—Pero ¿qué te hace feliz, hijo? —me preguntó.

Yo sentía que desde su asiento me miraba. Me quedé en blanco. ¿Cómo no te vas a quedar en blanco ante semejante pregunta hecha por una madre? Una pregunta tan determinante que parece que, como dejes fuera algo, jamás lo recuperarás. Seguí callado.

—Tú no sabes lo que te hace feliz, pero yo sé lo que no.

No contesté. Feliz es una forma expeditiva de decir vivir bien, vivir con ganas, con entusiasmo, con alegría, con despreocupación. Mi madre ni es ingenua ni es frívola ni es cursi. Si usa la palabra «feliz» es para designar todo eso.

—No te veo de empresario —me dijo mi madre—, pero no porque no valgas, hijo, sino porque prefieres dejarte llevar. Te da demasiado miedo equivocarte para arriesgar, prefieres dejar que seamos los otros los que decidamos, aunque te impongamos nuestra voluntad. Pero a base de hacer cosas que ya se han probado no avanza el mundo, Vicente.

Tenía razón, mucha razón, pero no se lo dije.

—Vicente, ¿me estás escuchando? Si tú quieres la papelería, la papelería es tuya, pero piénsatelo.

No tardé en contestar. Estas palabras salían de mí solas.

—Y entonces, si yo no sigo con ella, ¿qué va a ser de la tienda?

Creo que pregunté eso por no preguntar: ¿qué va a ser de mí?

—Pues no lo sé. La vendemos. La traspasamos. Qué más da. Eso no es lo importante.

—¡Sí es importante! —Las lágrimas se me escapaban—. ¡Era vuestro negocio, el de papá y el tuyo!

—Hijo mío, a papá le hubiera dado lo mismo. Él sólo querría que estuviésemos contentos.

Imaginé la venta de la papelería. Me imaginé a mí mismo liquidando las existencias, haciendo una mudanza, tirando la mayoría de los muebles, que estarían demasiado viejos y demasiado gastados para aprovecharlos. Imaginé la fachada cerrada, los escaparates cubiertos con papeles, un cartel de «se vende», el logo de una inmobiliaria, los nuevos propietarios, quizá una panadería o una sucursal bancaria o una tienda de telefonía móvil o un despacho de loterías.

—La pena no sirve para nada —aseguró mi madre tras un ratito de silencio en que circulamos más fluidamente. No contesté y ella encendió la radio—. ¿No ponen ahora el programa ese que te gusta? ¿El de las bandas?

—«Contra viento y madera.» No, mamá, es a media mañana —contesté.

—Ése. Mira que eres original. Yo no sé a quién has salido.

Puse la radio igualmente. La música empezó a sonar. Trombones y trompetas, oboes y clarinetes nos envolvieron invitándonos a marchar marcialmente, con orgullo.

Acomodé a mi madre en casa, con su muleta y su cabestrillo, frente a la tele. Le preparé algo de comer. Me pareció que comía con apetito.

—Mucho más rica la comida de casa, hijo. Qué bien guisas. Te lo agradezco.

Era tan inusual que mi madre me diera las gracias por algo con esa ligereza y esa intención que me pilló desprevenido y no repuse nada. Disimulé mi turbación mirando la programación del Plus para esa tarde.

—Ponen la trilogía de *El padrino*.

—Qué alegría. Dame la mantita. Hasta que lleguen los niños del cole me la veo.

—¿Vas a estar bien?

—Estupendamente. Siempre y cuando no suba Fátima, claro.

Sonreí, le pasé el mando a distancia y la manta. Le di el beso que ya se había hecho costumbre entre nosotros y me fui. Era la hora de volver a la papelería, ya no me daba tiempo a pasarme por la comisaría para entregar mi documentación y la de Parker. Me resigné a aplazar el reencuentro y abrí la persiana. Encendí las luces. Puse la radio. Un *pizzicato* pomposo y luego un violín alegre. La sintonía inconfundible de «Gran auditorio». Tenía una larga tarde por delante antes de poder ir a por Parker, que es lo único que me apetecía. ¿De verdad estaría bien? ¿De verdad estaría? Busqué el número y contacté con la perrera, como si todavía una parte de mí desconfiara de que pudiera ser cierta aquella buena noticia que había sustituido a una pésima. ¿Y si por no comparecer a tiempo lo sacrificaban, como decía mi hermana?

—Sí, aquí está... No, no tiene heridas, a él no le ha pasado nada, pero creo que el otro perro está hecho un eccehomo... Ojo, tendrá que estar quince días en cuarentena... Son treinta euros por la recogida y seis diarios cada día de estancia... Claro, por la mordedura a humano. Es la normativa de sanidad... Quince días, sí.

¡¡¡¿Quince días encerrado, detenido en una cárcel perruna?!!! ¿Solo entre otros perros aullantes y asustados como él? Llamé al veterinario, que en realidad es una veterinaria bastante maja que se llama Marisa y con la que a veces yo, lo reconozco, he fantaseado. Es de esas mujeres decididas que me gustan a mí. Por un momento dudé de haber hecho lo debido, de haber cuidado de mi perro incluso en el pasado. Marisa me confirmó que claro que lo había vacunado, como siempre, y que todo estaba en regla, salvo el maldito chip identificativo que se ve que o ella o yo no habíamos tramitado bien y no constaba en el registro.

Respiré. Apenas eran las cinco y cuarto, me tocaba esperar tres horas más. Antes no se me hacía larga la jornada, pero últimamente... Examiné mi papelería. A lo mejor yo era como Alicia, que había bebido una pócima y ya era demasiado grande para este decorado, se me salían los brazos y las piernas por las ventanas. A lo mejor me pasaba como a ella, que a continuación se zumba otro brebaje y disminuye tanto que está a punto de ahogarse en el mar de sus propias lágrimas. Desatascarme y salir. Eso es lo que tenía que hacer. Recuperar mi tamaño. Eché mano del diccionario enciclopédico escolar que vendemos. Es bastante bueno. Lo abrí.

Miedo: perturbación angustiosa del ánimo por un riesgo o daño real o imaginario; recelo o aprensión que alguien tiene de que le suceda algo contrario a lo que desea.

Miedo insuperable: en derecho penal, miedo que, anulando las facultades de decisión y raciocinio, impulsa a una persona a cometer un hecho delictivo. Es circunstancia eximente.

Las definiciones me parecieron insuficientes. ¿Por qué tenía yo tanto miedo? El diccionario no aclaraba nada. Me fui a la trastienda, encendí el ordenador. Busqué: «Desde el punto de vista evoluti-vo, el miedo es un complemento y una extensión de la función del dolor...»

Ya no estaba seguro de si era exactamente miedo lo que sentía o tristeza. En cualquier caso, yo no po-día seguir viviendo así. Porque se puede vivir de dos maneras, asustado o consciente, y yo, de un tiempo a esta parte, sólo parecía vivir de la primera. Eso no era bueno. Y otra cuestión: ¿de dónde había sali-do tanto miedo? ¿Qué razones tenía ya para temer tanto? ¿Había datos objetivos que apoyaran mis aprensiones? Que me sucediera algo contrario a lo que deseaba no me parecía razón bastante para es-tar tan asustado. En serio. Muchas veces me han su-cedido cosas que han sido contrarias a mis deseos, todos los días, como a todo el mundo, y no por eso he entrado en este estado de catatonia que me im-pedía ahora saber siquiera lo que quería. Yo había amado a algunas mujeres que quizá me habían abandonado, como Lourdes, como Blanca, como la misma Corina, pero seguro que también había habi-do otras a quienes había abandonado yo o había ig-norado, como la tal Rosa de la cena. Quién sabe con qué expectativas vino esa chica, cuánto tiempo lleva-ría buscando un hombre del que enamorarse y con qué decepción se marchó. A lo mejor yo era tam-bién una causa de miedo para otros. Eso no se me había ocurrido nunca. A lo mejor había quienes temían al tío de la papelería que se estaba convirtiendo en un idiota, y eso sí que no, eso ya era lo último. Recordé lo que Corina me había contado acerca del miedo: que una de las cosas que más lo alimentan es precisamente nuestra preocupación por los otros, por su opinión de nosotros. El miedo se ceba en esas preguntas: ¿qué pensarán de mí? ¿He dicho una tontería? ¿Lo habré hecho bien? ¿Me rechazarán o me querrán? Y que ella, tal y como aconsejaba el pastor aquel, procuraba no hacérselas, porque el miedo ocupa espacio, mucho espacio que no puedes usar para sentir otras cosas. Y barrunté que, además de con el deseo y con la estima ajena, el miedo tiende otra línea con el tiempo: quiere que nos prolonguemos en el futuro jugando las fichas del pasado. Y me di cuenta de que eso era incoherente en realidad, porque lo que importa es el presente, lo que haces con las cartas que te toquen en esta partida, no en la de mañana y mucho menos en la de hace veinte años. Y si había sabido reconocer el miedo, si ahora sabía detectar que ninguna de mis certezas ni de mis conocimientos de antes me eran útiles para la vida que quería tener, si había comprobado que había vivido equivocado, ¿no era eso una buena noticia? ¿No me permitía de alguna manera empezar de cero y ser libre?

Me volví a imaginar despidiéndome de aquellas paredes. Y pensé en mi padre: tantas horas, semanas, meses, años allí entre esos muros, apasionado de su negocio. Mi madre tenía razón. Él no lo hubiera querido de otra manera. Él no nos hubiera alentado más que a hacer lo que nos diera la gana. Me repetí las frases que había dicho a mi madre en el coche: por más que yo me esmere, las cosas cambian, no puedo frenar el tiempo. Por más que yo me esfuerce, ya he abandonado a mi padre hace tiempo, porque seguí viviendo mientras él estaba muerto. Desde entonces, mi vida se había basado en una sarta de pequeñas mentiras. Mentiras como «prefiero los placeres sencillos». Mentiras como «no le busques tres pies al gato». Mentiras como «la vida está en los detalles pequeños». Trolas como «dos no discuten si uno no quiere». Embustes como «si no tienes nada agradable que decir, mejor no digas nada». Muchas mentiras. Las mentiras de ese chico que yo había sido, o era aún, ese chaval que antes de llevar la contraria prefiere no decir nada, con el que siempre puedes contar porque en todo momento está dispuesto a hacerte un favor, ese amigo simpático y desprendido cuyo nombre la gente no recuerda muy bien, pero que sale en las fotos de todas las bodas de la pandilla. Lo único que importaba es si quería vivir de otra forma aquí y ahora. Y lo único que contaba es si lo iba a lograr. Nunca volvería a los diecisiete. Ni falta que hacía. Toda mi pena no había servido para nada y, sin embargo, también empezaba a comprender que no tenía ganas de rendirme. Todavía no. Porque no sabía dónde estaba mi alma y mucho menos dónde estaría en el futuro, pero sí estaba seguro de que me gustaba la vida. Quizá a veces había querido protegerme de ella y de lo que te puede hacer, pero ya no era ése. Ahora era alguien que tenía muchas ganas de una vida mejor, de una vida nueva, incierta, claro, pero nueva. Tenía ganas.

TRES TRISTES TIGRES

—

—La cartilla con los sellos. Mi DNI. La declaración jurada de la veterinaria de que el perro tiene el chip, pero que por algún error informático no se registró. Ya lo dio de alta esta mañana. ¿Alguna cosa más?

El agente municipal se puso a hacer fotocopias de todo.

—Pues ya puede pasar usted a recoger a su perro cuando quiera.

—Me han dicho que tendría que estar quince días en cuarentena.

—¿Quién se lo ha dicho?

—Un señor, el que atiende en la perrera, bueno, el centro de acogida.

Ahora se llaman así, centros de acogida y protección de los animales. Es uno de esos eufemismos del lenguaje burocrático moderno, que a todo le da la vuelta.

—Pues no veo por qué. Todos los papeles están en regla. Por nosotros no hay problema. La señora no ha puesto denuncia, y si la pusiera y el juez quiere que la inspección examine al perro, ya le llamarían.

Noté que el policía, cual miembro de Amnistía Internacional (amnistía para los perros, debo matizar, no para los humanos, porque mientras conversaba conmigo entraron un par de señoras desoladas a quienes un carterista les había limpiado los bolsos y ni se le movió un pelo), se indignaba con la prepotencia del sujeto aquel que pretendía retener a mi perro.

—Si pudiera llamarle usted, yo se lo agradecería... —sugerí poco convencido de que me fueran a hacer caso en la perrera.

El agente uniformado marcó solícito el teléfono que le cantaba otro compañero. Estaban siendo extraordinariamente amables, para mí era insólita esta estampa de las fuerzas y cuerpos del Estado volcados en liberar a un perro de su cautiverio, ignorando el vaivén de turistas llorosas con sus bolsos rajados, manteros y raterillos varios. El mundo es un lugar verdaderamente extraño, me dije.

—Vaya usted para allá. ¿Sabe dónde es?

Tras conminar al funcionario de prisiones animal a que soltase el perro y se dejase de tonterías, el militante de la amnistía perruna me dio toda clase de indicaciones para asegurarse de que no me extraviaba. Fui escuchando la radio, pero sintonicé esa emisora alegre de *hits* del pasado que siempre te sabes y te animan a cantar a grito pelado. Canté porque iba contento, aunque a la vez sentía inquietud. ¿Seguro que sería mi perro? Mira que si era otro bóxer... Si llegaba y no era Parker, ¿qué haría? Coreaba los éxitos de los ochenta y noventa, pero con cautela.

El lugar me pareció siniestro. Agarrado con una gruesa cadena tenían un perro vigilante que al pasar me rayó la puerta del coche con sus zarpas. Aparqué lo más lejos que pude de esa bestia y me dirigí a la oficina, donde tres personas rarísimas fumaban. Una era una mujer rolliza de edad indeterminada que sonreía todo el rato delante de un ordenador, el otro un hombre mayor y antiguo que echaba un solitario sobre una pesada mesa de despacho, y el tercero, con el que yo había hablado por teléfono, el típico facha de pueblo con Barbour. Mi perro estaba en sus manos, pero ¿dónde? Me había imaginado perreras a la vista, jaulas donde simpáticos chuchos ladrarían sin cesar a mi paso, pero no era así. La construcción me parecía una fortaleza impenetrable y, sí, se oían ladridos, pero lejos y amortiguados, y yo no podía identificar el de Parker.

—¿Lo puedo ver?

—Primero los papeles y habrá que ver lo de la cuarentena, que no sé yo si...

Se empeñaron en hacer de nuevo todas las fotocopias de todos los certificados e impresos, aunque yo traía las mías propias.

—No están compulsadas..., ji ji ji... Nos gusta hacer las nuestras.

La regordeta se rió y me quitó los originales de las manos. Eran como tres niños jugando a ser adultos, tres tristes tigres en un trigal que se aburrían y necesitaban sentirse por un ratito halagados, importantes. Les di carrete a ver si siguiéndoles la corriente facilitaba el trámite, porque seguían erre que erre sin mover un dedo para dejarme ver a mi perro.

—Sus documentos..., ji ji —dijo la mujer al fin devolviéndome mis cosas, y soltó otra risilla, no sé si porque yo le gusté o porque ella era así de risueña.

—¿Ahora puedo pasar a verlo?

—No —respondió el facha gordo—, dentro no pasa nadie. Voy a llamar a la inspectora —concluyó levantando el teléfono—, no vaya a ser que...

¿No vaya a ser que qué?, me preguntaba yo empezando a desesperar. Aparte de que, si me iban a cobrar por la estancia, cuantos más días retuvieran a mi Parker, más les convenía.

—Vaya, comunica —dijo el tiparraco carca, y colgó aquel teléfono que no era ni siquiera inalámbrico, sino un Domo de Telefónica digno del museo arqueológico.

Opté por seguir dándoles coba:

—Ustedes saben mejor que nadie lo que es perder un perro... Aquí deben de ver cada caso... Vaya tarea la suya.

—Desde luego —convino el viejecillo de la baraja.

—¿Y cuántos perros pueden llegar a tener?

—Ufff...

Todo era ambiguo. El carca del Barbour dejaba correr el tiempo, ni me devolvía a mi perro ni llamaba a la inspección, pero yo le di un voto de confianza.

—Hay que ver lo que cuesta dar con alguien en un centro oficial: que si han salido, que si están reunidos, que si están hablando por la otra línea...

Silencio sepulcral. Nadie me contestaba. Sólo se oía el golpeteo de los naipes contra la mesa. Cuando no podía soportar más la tensión, insistí:

—¿Probamos otra vez a ver si con suerte han dejado de comunicar?

Logré que volviera a intentarlo.

—Magdalena... —gritó al fin el facha por el auricular aquel de los Picapiedra—. Sí, mire, soy Mariano, del centro de recogida de animales. Le llamo por lo del bóxer del que dimos parte ayer... Sí...

Sí... Sí... Entonces... Está aquí el dueño... Que se lo quiere llevar... Sí, el que ha mordido a una se-ñora...

Se refería a Parker, no a mí. Yo cruzaba mental-mente los dedos y no podía evitar imaginarme la si-guiente escena, esa en la que yo iba a persuadir a los tres tigres de que soltaran a mi perro de una puta vez por las buenas o por las malas, sin contemplacio-nes. Si hacía falta hacerlo, lo haría. Claro que lo ha-ría. Saliera bien o hiciera el ridículo, lo haría.

—Sí... Sí... Sí... Ya... Ya... Ajá... Muy bien... Enten-dido.

Colgó. Yo sonreí; en este punto, ¿qué otra cosa podía hacer? Nos mantuvimos la mirada unos ins-tantes que se prolongaban y prolongaban, pero de los que en cierto modo disfruté. El tío debió de per-cibir que yo estaba dispuesto a asaltar la fortaleza aquella a las bravas si era necesario, que yo no era de los que se rendían fácilmente. No en este caso. Por si quedaban dudas lo expresé:

—Usted sabe que yo no me voy a marchar de aquí sin mi perro, que si hace falta me quedo los cuarenta días con él.

«Usted será un tigre, pero yo soy un león, que es el único personaje de *El mago de Oz* que me falta por representar», me dieron ganas de añadir, pero me lo callé. No lo hubiera entendido. Vi al tipo dudar, vi que me calibraba y vi que, por una vez en la historia, no era considerado un peso pluma moral, sino un púgil de su categoría.

—Que sí, que se lo puede llevar usted, pero que deje sus datos.

Respiré. No iba a tener que liarme a golpes.

—Ya se los he dejado a su colaboradora, que es tan amable y tan eficaz.

Cruzaron una mirada y ella asintió, colorada de gusto.

—Justo, trae al perro.

Justo se levantó con dificultad de su silla, donde estaba tan cómodamente repanchigado. Aunque con motivo de mi visita había interrumpido el solitario, todavía tenía las cartas en la mano. Las dejó con pesar, agarró una correa cualquiera que colgaba de un perchero junto a muchísimas más y salió de la oficina.

—¿Ha estado bien el perro? ¿Ha comido? ¿Ha bebido?

Quise saberlo porque en ningún momento habían mencionado a Parker por su nombre ni habían hecho alusión alguna a su estado general. Mucho no les importaba. El facha asintió y la mujer soltó una risilla. Yo creo que o bien le gusté en serio, o bien por allí pasaba muy poca gente.

—Parker es muy bueno. Nunca había mordido a nadie —aseguré, y es la pura verdad.

—Eso sería culpa de la señora que se metió a separarlos. ¿A quién se le ocurre? —contestó el tigre mayor.

La puerta se abrió y apareció Justo tirando de un perro que iba sin collar. Y, como iba sin collar, aquel infame le había ceñido el cinto corredizo alrededor del cuello, con lo que al perro aquel le costaba muchísimo respirar.

—Parker... —dije. O pregunté, porque mi primera reacción fue la duda.

¿Era ése mi perro? Se parecía mucho, pero era como si no me hubiera visto... Iba gacho, yo creo que acobardado, y no dio los saltos mortales a los que nos tiene acostumbrados al llegar a casa. ¿O era yo? ¿A ver si yo seguía acoplado al perder y nada preparado para el ganar? ¿O sería esto lo que siente quien ve un fantasma? ¿Desconfianza porque sabemos que en la realidad los fantasmas no existen? Decidí que me daba lo mismo: si no era mi Parker, me lo llevaba igual.

—Parker... —repetí, agachándome para acariciarlo.

Y entonces, al tocarlo, me emocioné. Me emocioné tanto como en el sueño cuando besaba a mi padre, porque lo reconocí, o, más precisamente, reconocí su afecto y el mío por él. Mi alma humana se empapó de su alma perruna. Miré a Justo y éste por fin le quitó la espantosa correa corrediza que lo ahogaba. Decidí que Justo y los otros dos tristes tigres ni acogían ni protegían a los animales. Coloqué a Parker el arnés que había traído conmigo y que lo sujeta mejor, estreché la mano de esos tres personajes humillados en un último acto de mi comedia, y salí de esa perrera funesta con mi perro amnistiado rumbo a la libertad.

EL HÁBITAT DEL CARACOL

Tenía a mi perro. Tenía a mi madre. Me tenía a mí. Pero las horas no avanzaban. Para colmo era fin de mes y en la tienda entraba muy poca gente. El primer día del resto de mi vida, una jornada que debía ser nueva y excitante, se me hacía eterna allí en mi hábitat natural, el hábitat del caracol, rodeado de cuadernos, carpetas, archivadores, bolis de gel y rotuladores permanentes, objetos que me resultaban más mudos y distantes que nunca. No sabía cómo entretenerme y salí al patio porque siempre lo tengo un poco revuelto y siempre pienso que hay que ordenarlo. Hiciera lo que hiciese con la papelería, venderla o comprarla, aquel patio tenía que organizarlo. Se había ido convirtiendo en una especie de trastero donde teníamos desde bicicletas viejas de cuando mis sobrinos eran más pequeños hasta una barbacoa, una sombrilla sin varillas y dos tumbonas que mi hermana había comprado en una época que se alquiló un ático con terraza y ahora no le cabían, pasando por unos botes de pintura acrílica que yo había comprado con mucho ánimo el verano anterior con la idea de repintar los muebles de la papelería y darle otro aire. Ni que decir tiene que no había repintado nada. Pero esa tarde decidí que había llegado el momento y, como estando ocupado parece que el tiempo pasa más rápido, saqué las dos sillas de la trastienda, unos periódicos viejos, las brochas, el aguarrás, y me puse manos a la obra. Hacía frío y no llevaba ropa de faena, pero no tenía por qué mancharme si hacía las cosas con cuidado. Abrí la lata de pintura. Por amor de Dios, qué color más raro había elegido. Razón de más para empezar por las sillas y, si éstas no me gustaban, abandonar definitivamente la empresa.

Me preparé el café, y estaba yo dale que te pego con mi brocha, pensando que de un tiempo a esta parte el café no me parecía tan rico y que igual me pasaba al té (aunque dicen que la teína es tan mala como la cafeína), cuando, ¡plas!, se cerró de golpe la puerta del patio. Estaba tan metido en lo mío que pegué un brinco. No me lo podía creer. La puerta metálica estaba totalmente encajada. ¿Cómo había sido tan memo? La puerta, como es natural, no se abre por fuera más que con una llave, llave que estaba dentro, en el cajón del mostrador. Mi móvil tampoco estaba a mi alcance, pues lo había dejado en el *office* al poner la cafetera. El fijo inalámbrico, en su base, porque casi nunca llama nadie. Y las ventanas del baño y del almacén que dan al patio, no sólo herméticamente cerradas porque estábamos en invierno, sino que encima tienen rejas, por aquello de que la papelería está en un bajo y hay que evitar tentaciones al pecador. Me asomé al ojo de buey recortado en la puerta metálica con la esperanza de que desde mi tienda me viniera la inspiración para salir del brete. Pero inspiración no me vino ninguna. Tan sólo me vino la desesperación de ver mi comercio abierto y solo, con la caja registradora al alcance de cualquiera menos de su propietario. ¿Qué demonios iba a hacer?

Miré a mi alrededor. No había una sola herramienta que pudiera usar para reventar la puerta. Aunque me liase a sombrillazos, no iba a conseguir derribarla. No soy Indiana Jones. Tenía el papel que protegía el suelo bajo las sillas, todavía a medio pintar. Tenía los pinceles y la pintura. ¿Mandaba un mensaje como los secuestrados? ¿A quién? ¿Adónde? Todas las ventanas del patio estaban cerradas. ¿Cómo iba a colar mi misiva? Miré hacia arriba, sólo había cuerdas de tender con sus lánguidas pinzas. El mal tiempo no animaba a poner lavadoras. Nadie iba a asomarse por la tarde a tender nada. Para colmo, en el primero no vive nadie, por eso precisamente habíamos tenido goteras, porque no se dieron ni cuenta de que había estallado una tubería. ¿Quién me iba a ver, entonces?

Además, ese mensaje, ¿cómo lo redactaría? «Socorro, estoy encerrado, por favor, avisen a mi madre, que es la que tiene las llaves de repuesto.» ¡¿A mi madre?! ¡¿Recién dada de alta?! ¿Con lo pacíficamente que nos habíamos despedido? No, eso era inconcebible. Mejor: «auxilio, estoy en el patio. Por favor, entren por la puerta principal de mi tienda. Es la papelería de la calle tal.» No me desvalijen, sólo ábranme, podía añadir.

Al dejar de moverme cada vez tenía más frío. Encima, anochecía. Tan nervioso me estaba poniendo que pisé el bote de pintura. Estupendo. Ahora estaba dejando el patio lleno de huellas verdes. Sí, verdes. Verde manzana era el color que se me había ocurrido para redecorar mi vida. Y luego dicen que no existe el subconsciente. Tendría que esperar a que la pintura se secara para limpiarla con disolvente, porque cuanto más frotaba con el papel de periódico, más la esparcía. Y, encima, el papel de periódico me podía hacer falta, si la situación se alargaba, para abrigarme o para enviar las misivas. Debía administrarlo. Y debía serenarme y dar algún paso. Se me ocurrió uno, pero que para mí es insuperable: gritar. Desgañitarme hasta que alguien me oyese. Qué vergüenza. Volví a asomarme al ventanuco. El interior de mi tienda reposaba ajeno a la catástrofe. Me llegaba la musiquilla de Radio Clásica. Me pareció lamentable que te robaran al son de Ígor Stravinski, objeto monográfico del programa de hoy. Por suerte no entraba ningún cliente. De repente, una silueta se acercó al escaparate. Que no entrase a robar. Que no entrase a robar. No sé bien qué le atraía de la oferta exterior, pero se detuvo unos minutos husmeando tras el cristal. ¿Es que preparaba el golpe? ¿Es que se había percatado de que el dueño no estaba y podía saquear a gusto el inmueble? Tras esos minutos en que el intruso o intrusa (a esa distancia, con el crepúsculo, era imposible distinguir sus rasgos) evaluó sus posibilidades de éxito, entró. De todas las personas del mundo era la que menos me hubiera esperado. Y lo que hizo me sorprendió de tal modo que creí enloquecer. Era Corina. Apenas estuvo unos instantes en el local. No llamó. No me buscó. Dejó un sobre encima del mostrador y salió apresuradamente como alma que... Yo sí llamé. Yo sí la busqué. Me desgañité. Aporreé la puerta de chapa. Pero no me oyó. Me senté en el suelo. No me di cuenta y puse el culo sobre las huellas de pintura, con lo que al levantarme parecía que alguien me había asestado una patada verde en lo que la antigua de mi vecina Fátima llama el pompis. No me importó. Logré serenarme. Pensé en Parker. En que todo estaba bien. En que saldría del atolladero. Y me dio la risa. Riéndome estaba cuando una ventanita se iluminó en el patio. ¡Zas! Me puse en pie. ¡Al fin un vecino! Papeles de periódico ya medio secos se me habían pegado aquí y allá a la ropa, más que el hombre de hojalata de mi sueño, ahora parecía el espantapájaros en el camino de baldosas amarillas. No tenía tiempo de desprenderme de ellos. Toqué en la ventanita. Toc, toc, toc. Toqué otra vez. Quien la hubiera encendido no se me escaparía. Toc, toc.

—Hola..., hola... Soy el vecino del bajo B... Hola... Soy Vicente... Hola...

Precedida por el sonido de una cadena de váter, la ventanita se abrió y un rostro sonriente y locuaz apareció enmarcado por el junquillo de aluminio visto.

—Hola.

—Perdona, igual te he asustado —dije.

—¡Qué va! —contestó Laura o Eva.

—Te va a parecer una tontería, pero me he quedado encerrado en el patio. Había salido a arreglar unas cosas y...

—¿No me digas? ¿Llevas mucho rato?

—Un poquito. ¿Podrías...?

—Sí, claro.

Cerró el ventanuco.

Me sentí afortunado. Mi racha estaba cambiando. Perdía al perro y lo encontraba. Me quedaba encerrado y me liberaban. Me di toda la prisa que pude en arrancarme los papeles de periódico de las perneras del pantalón, del codo y del trasero, principalmente. Mejor era la marca de una patada en el culo que un papel colgando de dicha parte. Me remetí la camisa por la cintura y me repeiné un poco. Tengo el pelo fosco y si se me revuelve parezco un loco, según mi madre. La puerta que parecía infranqueable se abrió, y la abrió ella. La puerta no era verde, pero ya eran verdes mis manos, mis zapatos, el suelo de mi patio y dos sillas, por no hablar de mi camisa y mis pantalones, absolutamente moteados. No estaba mal para empezar.

—Gracias.

—De nada.

Siempre sonreía, nunca me había fijado hasta ahora, pero Eva o Laura siempre sonreía. Yo también sonreí. Dio media vuelta para regresar a su centro de belleza, pero a mí me parecía poco el intercambio de cortesías para el favor tan inmenso que me había hecho, e intenté alargar el diálogo.

—Como ahora estoy solo...

Se volvió para mirarme con ese don de la atención que tiene tan suyo.

—La chica que trabajaba aquí contigo ¿ya no trabaja? No la vemos.

—No. Ya no trabaja.

—Es difícil, ¿verdad? Tener empleados en un negocio tan pequeño. Es mucha convivencia. Ahora, con la baja maternal de mi hermana, yo tendré que coger a alguien y me da una pereza...

—Pero también hay gente buena —repuse. Ella se rió y me tendió una cartulina.

—Inauguran un restaurante nuevo ahí, en el callejón. Han pasado a mediodía para invitarnos a una copa, pero tú ya habías cerrado.

—Sí, he tenido que marcharme corriendo para recoger a mi madre. Le daban el alta.

—¿Qué le ha pasado? —La cara de Eva o Laura mostraba sincera preocupación.

—Que se ha caído otra vez. Pero, vamos, dentro de lo que cabe está bien.

—Pobrecilla.

Se hizo un silencio. Yo no tenía ganas de que se fuera, pero no se me ocurría qué más decir. Ella abrió la puerta para salir, pero antes de hacerlo se volvió otra vez y sonrió.

—Mi hermana no se va a pasar porque con el embarazo y el miedo a la preeclampsia...

Yo no tenía ni zorra idea de lo que era la preeclampsia, pero asentí.

—Pero yo había pensado pasarme. ¿Tú crees que irás?

Miré el tarjetón que me había entregado. Era una invitación para una jamonería-champanería. Nuestro barrio también cambiaba. No sé si lo he explicado, pero nuestra papelería está situada en una calle que no es especialmente comercial. Es una calle donde apenas hay algún comercio que otro. A unas cuantas manzanas hay un colegio y un instituto, y en la otra dirección un mercado, lo cual nos coloca en un eje interesante, aunque sea un eje de barrio moribundo. Digo que es un barrio moribundo porque es más aproximado que decir un barrio en transformación, que es como lo llaman los de la Concejalía de Distrito cuando se acercan las municipales, como queriendo decir que hay futuro y que lo que nos pasa a los que seguimos viviendo aquí es que estamos en una etapa transitoria de cambio, pero a mejor, aunque nos parezca todo lo contrario. Bueno, eso es un poco lo que yo llevaba diciéndome a mí mismo toda mi vida adulta, o lo que llevaba de ella, que esto era una etapa transitoria hasta llegar a lo definitivo, a lo bueno, y que, en cuanto que transitoria, no era necesario valorarla. Es como si te vas de viaje a la playa en autobús. El coche de línea se hace pesado, pero es sólo un medio para llegar al mar, donde disfrutarás con los amigos que te esperan. En mi caso, esos amigos son José Carlos, porque con Corina a la playa ya sabemos que no llegué nunca. Lo que quiero decir es que no voy a valorar todas las vacaciones por un incómodo viaje en autocar. Mi vida había sido un poco como uno de esos trayectos, pero el sueño de mi padre me decía: no puedes pasarte la vida en un autocar. Bájate.

—Pues sí, voy a ir. Me apetece mucho.

—¡Ay, qué bien! Fenomenal. Entonces vamos juntos, si no te importa. Es que yo no conozco a tanta gente en el barrio y me da cortecillo, pero quiero ir a echar un ojo.

Yo también quería ir a echar un ojo. Con Eva. O con Laura.

—No me importa... —me arriesgué, porque la gente valiente se arriesga—, Eva.

—Laura. Yo soy Laura. Tienes pintura en la cara.

JAMÓN Y CHAMPÁN

—

Vicente:

Tú eres hombre muy bueno. Perdonas si mi español es malo. Mis hijos saben pronto muy bien y me corrigían, pero no puedo pedir a ellos ayuda por ti. No puedo esperar. Yo soy mujer casada. Yo sé que tú imaginas. Yo tengo una familia. El tiempo contigo es muy bueno porque tú eres hombre muy bueno que sabe todas las cosas. Pero yo no soy tan buena contigo ni con mi familia. He pensado. Tú crees que no he pensado, tú quieres respuesta y dices que yo no doy, pero he pensado mucho todo el tiempo. El trabajo para mí es necesario, no es nunca más fácil encontrar otro trabajo como contigo. Me gustaba tu respeto. Tú siempre tienes respeto para mí. Yo quiero tenerlo para ti. Eso he aprendido con tu tiempo. Respeto por ti y mí y la familia. Mi hija viene hace poco de Baia Mare. Y mi hijo pequeño que no te hablé también. Yo quería que ellos tienen todo para colegio en España. La educación es importante. Aprender estudios para vivir bien. Ellos son chicos intelligentes y yo sé que aprovechan oportunidades. Ahora todo está bien yo no puedo seguir en la papelería. Quiero pero no es posible. Gracias y perdonas, por favor. Tú dices que no soportabas situación como de tu amigo con ruedas y ella su novia casada. Yo entiendo. Yo también no soportaría. Yo también otro tiempo podría quererte. Ahora no es posible. Para otra mujer sí. Tú buscas esa mujer. Ella cuando te encuentra tiene mucha suerte.

CORINA

Le había dado trabajo porque me conmovió su letra manuscrita sobre una cuartilla recortada sin tijeras y porque creí que cuanto afirmaba era cierto: era una persona que necesitaba trabajo. Porque sólo una persona que necesita con mucha desesperación un sueldo podía escribir una nota como ésa, con bolígrafo azul. Y no creo que en este caso me moviera la deformación profesional, la de alguien que compra y vende artículos de escritorio y le gustan y les adjudica un valor afectivo. No. Creo que a cualquier persona le hubiera conmovido. Movido. Movido a disponer de esa honestidad si surgía la posibilidad. No como un diablo, porque diablo no soy y nunca me he llevado ninguna alma y menos con esa agilidad de la expresión, y si lo hubiera logrado, si me hubiera acercado siquiera a atrapar el alma de alguien, no hubiera podido salir corriendo como el demonio, porque las manos y las piernas muy seguramente me hubieran temblado hasta paralizarme. Era ella la que me había arrebatado el alma a mí. Ella había corrido con mi alma en tres cajas de cartón. Pero, la verdad, no podía sentir mucho rencor. Ahora estaba seguro de que Corina había tenido que verse acuciada por unas circunstancias muy graves para cometer ese delito. Robar material de oficina para revenderlo ¿en Coslada a compatriotas? ¿En Baia Mare a sus antiguos vecinos y parientes? ¿O para sus niños, como sugería ambiguamente en la carta? Sea como fuere, no era una gran pérdida, el seguro lo subsanaría. Lo que era una gran pérdida era otra cosa: que yo no hubiera sabido afrontarlo de cara y, sobre todo, que existiera gente que tenía que emigrar y hacer tonterías para ganarse unas perras y subsistir.

La misma inconfundible letra manuscrita en la misma tinta azul estaba ahora ante mis ojos. No había querido abrir la carta hasta llegar a casa. Temía su contenido. Temía que pudiera perturbarme demasiado y aquel era un día para ocuparme de Parker, de mi familia, de mí. Como un exadicto, la idea de recaer en mi vicio afortunadamente no me resultaba atractiva, más bien me repelía. Me propuse actuar con calma, me senté, respiré hondo antes de abrir la misiva, procurando eliminar toda huella de ansiedad y de aquella ridícula angustia a la que yo tan fácilmente me acoplo. Mis sobrinos estaban bañando a Parker. Oía el guirigay desde mi cuarto. No le gusta mojarse y forma un cirio increíble cada vez que se sacude el agua y te pilla ahí con la esponja en la mano. A los niños les divierte una barbaridad y yo no quería que pasara ni un día más con los olores de ese lugar siniestro encima. El olfato es la memoria de los perros. Quizá el tacto de aquel papel basto, de aquella tinta azul barata era mi memoria.

—Tito, ya está. Ven a verlo.

Dejé la carta.

Cuando lo tuvieron reluciente, abrí una botella de sidra que siempre me gusta tener en la nevera y brindamos. A pesar de la insistencia de mi sobrino Mauro, ese día nos saltamos la timba de Monopoly. Se había hecho tarde y, además, yo tenía mis planes. Me duché. Bueno, me duché y me refroté hasta quitar lo que pude de la pintura verde, que no se desprendía la puñetera, y me arreglé. Mientras me estaba vistiendo, entró mi sobrina en mi cuarto y se puso a fisgar. Como es una mujer en miniatura, le encanta curiosear, y no queda cajón en nuestra casa sin revolver.

—¿Cuándo me vas a poner música, tito?

Miraba los vinilos.

—Mañana, cuando quieras.

—Quiero hoy.

—Es que hoy voy a salir.

—Siempre sales.

—No, nunca salgo.

—El otro día saliste a un polígono.

Tenía razón. Cómo se acordaba la enana. Me pareció un día lejanísimo aquel en que había ido a espiar a Corina y la vi descargar mis cajas. Un día de otro tiempo. No me reconocía en ese hombre sufriente.

—¿Hoy vas a un polígono?

—No. Hoy voy a una fiesta. A comer jamón y a beber champán.

—Muy guay.

—Sí, muy guay.

—Ponme éste. Éste solito.

Señalaba un EP. El que yo había colocado sobre el plato un par de noches antes.

—A ver cómo suena. Anda, porfissss... —imploró.

Iba con el tiempo bastante justo, pero no podía resistirme. Amelie es así, una seductora como su padre, el tío más atractivo y encantador de los que mi hermana se ha ligado. La aguja se metió en el surco:

—*Otra noche más que no duermo, otra noche más que se pierde...*

El vinilo daba vueltas. Sonaba bien.

—*Suena alegremente un piano viejo tras la puerta verde, todos ríen y no sé qué pasa tras la puerta verde... Yo quisiera estar del otro lado de la puerta verde...*

Mi sobrina bailoteaba y sonreí. Qué insistentemente lo agitaba yo en el sueño ante mi padre. A ella, como a mí, le gustaba la canción. Los Nikis habían hecho una magnífica versión que yo, asimismo, poseía. Mañana se la pondría. La dejé bailando. Besé a mis sobrinos. Besé a mi madre. Besé, por supuesto, a Parker en su estrella de pelo blanco y, cuando estaba ya esperando el ascensor, volví sobre mis pasos y besé a mi hermana, que miraba la tele y se quedó atónita, pero creo que en plan bien.

Lo bueno de salir por tu barrio es que no tienes que conducir, así que íbamos por la tercera copa de cava en ese ambiente tan animado cuando me volvió a la cabeza la canción que había elegido mi so-

brina: *Toqué y cuando contestaron dije: aquí a mí me lla-*
maron... Risas y en seguida me echaron... No descansaré
hasta saber qué hay tras la puerta verde... ¿Qué habrá tras
de esa puerta verde?...

—¿En qué piensas? —dijo Laura.

—En que me estoy divirtiendo.

—Yo también.

—Y en que no estoy preocupado.

—Yo tampoco.

—Y en que voy a vender la tienda, Laura.

—¿No me digas?

—Sí, es que me voy a poner a estudiar. Siempre
he querido estudiar.

—¿El qué?

—Idiomas. Filología Inglesa. Pero no aquí, fuera, en Inglaterra. Quizá en Escocia. En la Gran Bretaña.

—Qué apetecible.

—Sí. Quizá luego dé clase. Creo que me gustaría
enseñar, me parece que tengo mano para los chava-
les. —Todo se me estaba ocurriendo sobre la marcha, pero todo tenía sentido—. Y me voy a comprar
un pijama. Pero mañana mismo.

Laura se rió.

—¿¡Un pijama!?

—O varios —añadí—, nuevos. Completamente.
Que haya que quitarles la etiqueta.

Ella se rió más y repuso:

—A mí también me vendría bien un pijama o varios. Los tengo hechos una porquería. Como durmiendo no me ve nadie... Bueno, mis padres.

—¿Vives con tus padres?

—Sí, Vicente, sí —dijo Vicente y no me sonó raro—. Todavía vivo con mis padres, pero algún día espero volar del nido. Pronto. El día menos pensado.

Había cierta resignación en su tono, pero también ironía en su sonrisa. Era capaz de reírse de sí misma. Yo no dije nada, porque sabía perfectamente a lo que se refería.

—Lo único... —Laura se interrumpió.

—¿Qué?

—Que me va a dar pena que te vayas.

Sonreí. Qué simpática.

—Eres un vecino estupendo, Vicente.

Lo había vuelto a hacer. Había dicho mi nombre y me sonaba bien.

—Demasiado —repuse.

Ella no contestó, esquivó mi mirada y me di cuenta de que igual mi comentario había sonado antipático.

—¿Nos pedimos otra? —propuse.

—¿No va a ser mucho?

—Lo que tú digas. —Me daba igual beber que no beber. No sentía ninguna ansia.

—Bueno, vale —accedió ella—, la última.

—La última, o la primera de muchas —solté.

Ella sonrió. La desconfianza que mi desacertado comentario había producido en sus ojos se disipó.

—Tú sí que eres buena vecina, Laura, y me alegro mucho de que me hayas traído aquí. Pero muchísimo.

Al poco rato la acompañé al metro y me fui para casa.

Cuando estaba paseando a Parker me encontré con José Carlos, que venía de dejar a Esther en un taxi.

—¿Qué es de tu vida, macho? Me tienes olvidado —me dijo.

Tenía tanto que contar que no sabía por dónde empezar, así que empecé por el final.

—He quedado con una chica. En realidad ya la conocía desde hace tiempo, pero no me había fijado en ella.

Nos dieron las tantas en su salón, José Carlos y yo charlando, y Parker en el sofá desbaratando los cojines y roncando. Entonces, cuando ya me bajaba a mi piso, José Carlos me acompañó hasta el descansillo y me dijo:

—¿Te acuerdas de cuando teníamos diecisiete años?

—Me acuerdo, claro.

—Yo, un día, Vicente, me di cuenta de que al cabo de poco tiempo acabaría en una silla de ruedas. No porque me lo hubieran dicho mis padres, ni el médico, ni el fisio, ni nada. Lo supe. Lo presentí. Mi cuerpo cambiaba y mis piernas no. Comprendí que no iban a poder sostenerme siempre, ni siquiera torcido. Me miraba en el espejo y no podía engañarme.

—No me dijiste nada.

—No le dije nada a nadie, Vicente. Ni a mis padres.

—Pero ¿por qué?

—Porque me hubierais tratado distinto. Mis padres y mis hermanos se hubieran preocupado, hubieran sufrido por mí. Bueno, más que por mí, por mi sufrimiento.

Era cierto. Todo eso era cierto.

—Iba a ser un inválido. Lo supe y lo pasé muy mal, y luego llegó el momento y me trajeron aquella silla, que era tan armatoste, ¿te acuerdas? Entonces no eran de titanio ni nada. Y lo acepté, no sé bien cómo, pero hice el cambio... Porque, bueno, Vicente, es que un día noté que me separaba más de vosotros y el esfuerzo de callármelo que la silla de ruedas. ¿Entiendes lo que te digo?

No supe contestarle. Mi amigo me miraba con afecto desde su silla, muy cerca de los peldaños de esa escalera que yo subía y bajaba y él nunca podría usar. No me malinterpretes. Se apaña muy bien solo, es alucinante, y si para algo necesita ayuda, porque hay escalones o dos coches no dejan paso o lo que

sea, te la pide sin más y tú se la das y no vuelves a
pensar en ello.

—No te riles, ¿eh? No te eches atrás, Vicente.

—Claro que no —le contesté.

—Pero, sobre todo, antes de pirarte a Inglaterra...

—A la Gran Bretaña —le corregí—, que también
hay muy buenas universidades en Escocia.

—Lo que sea, a vivir fuera. Antes tienes que contárselo todo a alguien, desde el principio, por orden. A alguien que te importe. Pim-pam, pim-pam...
Lo cuentas, te lo sacas de dentro y así no te desvías
de la ruta, que te conozco.

Miré a Parker y me miré a mí. Quizá tenía razón
mi amigo. Quizá si yo mirara mi vida desde fuera, si
la mirara desde la ventanilla de un avión...

LA PUERTA VERDE

—

No recibo el día cansado. Me despierto cada mañana en este cuartucho de un colegio mayor escocés,
que es mucho peor de lo que era el dormitorio de
casa de mi madre, pero no me despierto cansado.
Hay días que se me hacen cuesta arriba. No conozco
a nadie. No me conoce nadie. En mis clases del curso intensivo de inglés que me han exigido antes de
empezar la carrera propiamente dicha, únicamente
hay asiáticos y algunos africanos y un brasileño muy
pelma que está loco. Ellos hacen su vida, tienen sus
propios grupos. Con los españoles me he propuesto
no juntarme, porque he venido para lo que he venido, no para beber cervezas y hacer tortillas de patata
en un infiernillo. Aparte de que los conozco de vista, del comedor y eso, están en otras especialidades
y son bastante más jóvenes que yo. Esos días más di-
fíciles me pregunto qué he venido a hacer aquí y si
todo esto no es una tontería, un caprichito, y nunca

lograré dejar de ser el buen hijo, como mi hermana no dejará de ser la hija avara, la que nunca se regala a nosotros ni a sus maridos, la que sólo se entrega a sus niños. Entonces procuro recordar lo que me dije la última tarde tras el mostrador de la papelería: puede que no sepa todavía dónde poner mi alma, pero sí sé dónde empezar a buscarla. Empieza donde te perdiste, me digo. Y agarro un tren o un bus y vuelvo a los diecisiete. Viajo a Liverpool, a Manchester, a Sheffield, a Leeds, a Londres, naturalmente, por no hablar de Abingdon, el famoso pueblo de Radiohead donde ellos imagino que ya no viven. Me paseo por sus calles. Me tomo unas pintas de cerveza, me como un horrible pastel de carne en algún pub y escucho a alguna banda que esté empezando, de esas que todavía no han triunfado y buscan su estilo. Me gustan los grupos nuevos en los que los chicos, aunque empiecen pareciéndose a otros, quieren parecerse a ellos mismos. Luego uso mi carnet de estudiante, duermo en el albergue que toque y al día siguiente me vuelvo a mi *college* tan fresco.

El otro domingo tuve un día especialmente arduo. Claro, los domingos son peligrosos porque hay menos actividad y las horas son largas, sobre todo si llueve (y aquí llueve casi siempre) y no puedes pasear. Como sé que no me puedo dejar llevar, que la fuerza de la costumbre no puede ser ahora ni mi guía ni mi lumbre, me metí en el cine para pasar el rato y para hacerme al oído. Y como tenía un día regular, para no ver un dramón del que además no iba a entender la mitad, me metí a ver una de animación, porque por los dibujos siempre sacas el diálogo o te lo figuras. Me senté y al poco en las butacas de delante se me sentaron dos madres con dos niñas. Ya me había fijado en ellas antes, en la taquilla. Las niñas eran de la edad de mi sobrina Amelie, más o menos, y las madres como mi hermana, pero pelirrojas. Lo que importa es que una de las madres era ciega, completamente; sus ojos, que quizá de haber sido vidente hubieran sido verdes, estaban velados y entrecerrados. Se sientan, empieza la peli y, como en todas las pelis, llega la parte truculenta. En ésta, la princesa protagonista convertía involuntariamente a su madre en una osa feroz gigantesca con unas zarpazas terribles. Entonces, las niñas se asustaron y una de ellas, la hija de la ciega, se tapó los ojos. Esto es normal y no llama la atención, son niñas pequeñas y les impresionan las partes escabrosas de toda película infantil que se precie.

—*I don't want to see it! I don't want to see it!*—decía aterrada la niña, que significa «no quiero verlo, no quiero verlo» (hasta ahí me llega el inglés), mientras se refugiaba en el regazo de su madre ciega.

—*It's alright, baby, it's quite alright*—decía la madre, que significa «no pasa nada, no pasa nada»—. *You can look. Look now, girl...*

Me sobrecogió: una madre que no podía ver animaba a su hija a mirar. Una madre a la que le faltaba algo tan importante era capaz, sin embargo, de transmitir a su hija confianza y decirle: ¡vuela! ¡Vuela! Yo te espero aquí. ¡Vuela! La peli acabó y la niña disfrutó mucho de ella, aplaudió incluso cuando la osa feroz madre recupera su humanidad gracias a la valentía de la princesa hija. Los seres humanos, cuando todavía somos niños, somos así, espontáneos. Luego, no sé por qué, nos averiamos. Al verla salir de la sala tan sonriente, pensé si su mayor miedo no había sido al final también la puerta de su mayor disfrute.

Me volví al colegio mayor paseando bajo la lluvia pertinaz de Edimburgo, que es una ciudad bonita, por otra parte, y pensando en estas cosas, en si ganas algo mirando en lugar de tapándote los ojos. Claro, yo no tengo una madre ciega que me acompañe. Y me acordé de Laura y de lo agradable que fue esa noche con ella, cuando gastamos bromas sobre los pijamas que nos compraríamos y yo me sentía tan despreocupado porque, sinceramente, ahora me daba cuenta, no tenía miedo. Y me dije: así es como me gustaría ser siempre, un tipo alegre, con planes, un tipo que siempre está inventando, me gustaría poder zambullirme en ese estado de ánimo igual que te tiras a una piscina, que te da repelús el agua fría pero luego nadas, igual que te pones un disco y, según la voz te va cantando al oído y la guitarra te va meciendo en la melodía, te sientes hondo y ardiente. Con todo el follón de la matrícula, las convalidaciones, la maleta, cambiar los euros por libras, no me había despedido de Laura. Consulté el móvil y ahí estaba su número. Lo tenía por lo del parte del perito y la visita del pintor, pero me dije: no, no voy a llamarla, no porque salga caro el *roaming*, que conste. Me dije: voy a escribirle, pero no un wasap ni al Facebook ni un correo electrónico, voy a escribirle una carta de papel. Porque al final no había hecho caso a José Carlos y no le había contado a nadie las verdaderas razones por las que cerrábamos la papelería y me venía aquí justo cuando mi madre estaba de baja con varias fracturas de huesos. Seguía sin tener testigos que me comprometieran, que imagino que es lo que quería decir José Carlos. Seguía sin mirar mi vida desde la ventanilla.

Entré en una tienda de pakis y me compré un cuaderno muy grueso, muy blanco, de páginas satinadas, y un boli de esos de gel que son los que mejor deslizan. ¡Qué curioso era estar por primera vez en mi vida al otro lado de la caja, comprando yo un cuaderno en lugar de vendiéndolo! Me acordé de la discusión en aquella cena, del tío mentecato que me había cabreado poniendo el ejemplo del arquitecto de Hitler. Qué lejos quedaba esa noche. Aquí estaba yo ahora convirtiéndome en uno de mis clientes, esos a los que yo proporcionaba herramientas para la imaginación. «No se puede transformar lo que no se ha imaginado antes.» Se me vino esta frase. Es un alegato en defensa de la lectura, de la fantasía y tal. Está ahí, en la biblioteca del *college*, inscrito con letras doradas en un anaquel a modo de decoración. Son grandes frases de escritores ilustres, y te diré que me gustan, que me hacen sentir acompañado en esa penumbra grata mientras cavilo y doy vueltas a en qué quiero poner el alma. Pero la de la imaginación es la frase que más se me ha grabado, quizá porque, como me dice mi madre, me paso la vida buscando un manual de instrucciones del que apropiarme, y esa cita, de algún modo, es una fórmula magistral: imagina lo que quieres y encontrarás el camino que te lleve. Sigo la posología a rajatabla, porque ya te he dicho que, además de las fórmulas, me gusta el orden, y sé que las palabras pueden ordenar el desorden. No voy a ocultar que muchas mañanas, antes de administrarme mi dosis de imaginación o, lo que es lo mismo, de páginas en blanco, titubeo y cuando abro el cuaderno temo que las palabras sólo ordenen en apariencia, que con su esplendor sólo disfracen ese batiburrillo, esa vida mía incoherente sin objetivo como un autocar vacío que pasara siempre por la misma parada porque carece de destino. Soy un principiante, me recuerdo a mí mismo cuando flaqueo en el intento, todavía me equivocaré bastante. Así que algunos ratos, además de estudiar inglés, ésa es mi tarea: imaginar mi vida, imaginarme a mí ordenando las cosas, aunque mucho de lo que me ha ocurrido, de lo que he sentido, es tan pequeño que no llega ni a la categoría de acontecimiento y me avergüenza. Me pregunto si contándolo, confesando esa vergüenza, que no es más que otra careta del miedo, se desactivará un poco, porque el temor es, lo sé, lo que muchos días me separa del mundo. Me he propuesto no rendirme, no descansar hasta llegar al desenlace, porque quizá al final del cuaderno esté la puerta verde de la canción, la puerta del miedo que tengo que atravesar. Aunque unas veces me dé vértigo y otras crea que no habrá nada tras ella, sólo vacío o más de lo mismo, persevero, porque mientras reconstruyo el pasado para orientarme, quizá pronto imagine, dibuje, presienta el futuro para vivirlo. Ese futuro que, aunque yo no tenga un Juan Perro ni una madre ciega que me diga: «¡Vuela! ¡Vuela! ¡Explora lo desconocido!», de algún modo miraré. Tengo este cuaderno en blanco y a lo mejor, cuando lo rellene, qué sé yo, Laura, igual te gusta leerlo a ti.

ÍNDICE